乱入者に情、配偶者に愛
—右手にメス、左手に花束11—

Michiru Fushino
槇野道流

CHARADE BUNKO

Illustration

鳴海ゆき

CONTENTS

一章　なんの変哲もなかったはずの日

ガタン！

突然、聞こえてきた大きな物音に、永福篤臣《えいふくあつおみ》はギョッとして目を覚ました。

「な……なんだ？」

まさか泥棒かと、咄嗟《とっさ》にベッドの上に身を起こしかけた彼は、中途半端なところで動きを止めた。

片手をシーツについて、息を潜め、じっと耳をそばだてる。

『うあっち！　なんやねん、くそっ』

やがて聞こえてきた耳慣れた声に、篤臣《あつおみ》の顔から、拭《ぬぐ》ったように緊張の色が消えた。

それとほぼ同時に、身体《からだ》を支えていた腕から力が抜け、彼は再びベッドに倒れ込んだ。

「はあ、つまんねえ」

そんな脱力した一言をこぼしながら、そっと手を伸ばす。

触れた先は、目の前のシーツだ。

そこに寝ているはずの男はおらず、シーツはヒンヤリと冷たかった。

篤臣は訝《いぶか》しく思いながら、枕元《まくらもと》の目覚まし時計を見た。まだ、午前五時過ぎだ。

篤臣はいつも七時半に起床するので、二時間以上早く起こされてしまったということになる。

「なんだよ。ったく、眠いはずだ」

遠慮なしの大欠伸《おおあくび》をして、子供のように両手で眠い目を擦《こす》りながらも、篤臣はすぐに二度寝しようとはしなかった。

枕に頭を沈めたまま、眠る前の記憶を辿《たど》る。

昨夜《ゆうべ》、篤臣が就寝したのは、日付が変わる少し前だった。

本当は見たい深夜番組があったのだが、昼間の解剖が長引いて疲れていたし、まだ週の半ばだ。それに、パートナーの江南耕介《えなみこうすけ》から帰りが遅くなる、あるいは帰れないかもしれないと連絡があったので、待たずに寝てしまうことにしたのである。

今は抜け殻とはいえ、傍らに確かに江南が寝た形跡があるのに、帰ってきたのに気づかなかった自分に、篤臣は唖然《あぜん》とした。

そんなに疲れていたのか、という軽い驚きと共に、もはや江南に対しては、同じベッドに潜《もぐ》り込まれても気づかないほど、警戒心がなくなってしまったのか……というなんともいえない感慨も湧《わ》き上がる。

（江南のことだから、ただ隣で寝たんじゃなくて、その前に……寝てる俺にハグやらキスやら、したんだろうにな。俺、馬鹿みたいにぐうぐう寝てたんだな。悪いことした）

その光景が目に浮かんで、篤臣はじんわり頰《ほお》が熱くなるのを感じた。

江南の前で熟睡していた自分が恥ずかしいというよりも、寝ている自分を愛《いと》おしげに見つめる江南の顔まで、容易に想像できてしまえることが恥ずかしいのである。

（思えば長いつきあいだから、そりゃ、大概どんな姿だって見られてるよな。学生時代からいっても、所帯持ってからも、マジ長いな。十代で知り合って、三十路《みそじ》を過ぎちまったんだもんな）

K医科大学の入学式で出会ってから今日までの日々に思いを馳《は》せ、篤臣は軽く嘆息した。

所帯を持ったといっても、江南のアメリカ留学時代に、現地の教会で、法的拘束力を持たない結婚式を挙げただけのことだ。それでも、江南の思いつきから実現したそのささやかなイベントが、今の二人にとっては特別な節目となっている。

その日を境に、二人は左手の薬指にお揃《そろ》いの指輪を嵌《は》めているし、江南は篤臣のことを、周囲を憚《はばか》ることなく「うちの嫁さん」と表現するようになった。

最初は「嫁さん」呼ばわりに抵抗があった篤臣だが、抱く、抱かれるの問題だけではなく、二人の関係性を考えると、その呼び方がどうにもしっくりきてしまう。

家庭を顧みない生き方を反省しながらも、消化器外科医として日々の仕事に没頭する江南と、法医学者として解剖や研究に勤《いそし》みつつ、江南よりは自分の時間が取れるので、家事の大半を引き受け、「家を守る」立場にいる篤臣。

江南が「嫁さん」というときの言葉の響きには、そんな篤臣に対する信頼と感謝の気持ちが滲《にじ》んでいて、それを聞いた篤臣の心の中には、憤りではなく、くすぐったく誇らしい思いが満ちてしまうのである。

それでも、江南のことを「亭主」と呼ばず、「パートナー」と表現しているのは、単純に、篤臣の照れのせいだ。

夢を追いかける江南をサポートするよき理解者と周囲には思われているし、江南自身もそう言ってくれるが、その実、そんな江南をとても頼りにしている自分を戒め、甘えすぎない対等な立場でいようとする心の顕《あらわ》れでもある。

(とはいえ、あいつが家にいるってだけで、こうも安心しちゃう俺がいるんだけどな)

とりとめのない考えを頭の中でぼんやり転がしつつ、篤臣は冷えたシーツを指先で無意識に探った。

「それにしてもあいつ、いつ帰ってきたんだろ。ろくすっぽ寝てないだろうに、こんなに早々と起き出して……」

呟《つぶや》きは、ドタドタという足音で遮られる。

(来た!)

篤臣は、すぐに目を閉じ、横向きになった。

慌ただしく寝室に入ってきた足音は、ベッドの近くで急に密《ひそ》やかになる。

寝たふりをしている篤臣には見えないが、入ってきたのは当然江南だし、足音を急に忍ばせた理由は、篤臣を足音で起こすまいという、あまりにも浅はかな配慮である。

(ったく、どんだけ広大なお屋敷に暮らしてると思ってんだよ、こいつは)

笑いを噛《か》み殺す篤臣の頬に、温かで弾力のある唇がそっと触れた。

「ちょっと早いけど、おはようさん」

そんな低い声も、至近距離から鼓膜を快く震わせる。

「ちょっとどころか、ずいぶん早いよ」

苦笑いでそう言い返しながらごろんと仰向《あおむ》けに寝返りを打つと、すでにワイシャツ姿の江南は、驚いたように目を見張った。

「なんや、起きとったんか」

「そりゃ、あんだけでっかい物音がしたら起きちゃうだろ。……おはよ」

「おう」

触れるだけのキスを交わしてから、江南はおもむろにベッドに上がってきた。

「おい、服、シワになるぞ」

「ちょっとだけや、かめへん」

鷹揚《おうよう》にそう言って、江南は手枕で篤臣の傍らに横たわる。

「お目覚め良好やないか。昨夜は、俺が帰ってきて風呂入っても、ベッドに入っても、おやすみのちゅーしても、全然気ぃつかへんかったのにな」

江南にそう言われて、篤臣は照れ交じりの苦笑いをした。

「やっぱりしたのかよ。……ごめん、なんだか妙に疲れてたみたいだ。昼からの解剖が、交通事故のやつでさ、凄《すご》く込み入ってたもんだから。情けないけど、いまだに自分が鑑定医になった解剖は、すっげえ緊張するんだよな。別に、自分が鑑定するんじゃないときも、手を抜いたりは絶対にしないんだけど」

「そら、鑑定医はとりわけ責任重大やからな。緊張すんのは当たり前や。せやけど、大変やったな。轢《ひ》き逃げか？　だいぶ、捜査が難儀しそうなんか？」

消化器外科医ではあるが、一時期、研究のために法医学教室に出入りしていた時期があり、その頃は時折、司法解剖やその後の検査、デスクワークを手伝ったりした経験を持つ江南なので、篤臣の業務内容もある程度把握している。

だからこそ篤臣も、安心して弱音を吐くことができるのだ。

「ああ、いや。そういう感じで始まったんだけど、途中で容疑者が挙がったらしい。当初の予想よりは、スムーズに行くんじゃないかな」

「そら、不幸中の幸いやったな。お疲れさん」

そう言いながら、江南の大きな手が、篤臣の寝乱れた癖毛を手櫛《てぐし》で整えようと動く。

外科医の器用な指を持つくせに、こういうときにはやけにぎこちないその手が、かえって快い。篤臣は、眠そうな目で微笑《ほほえ》んだ。

「お前のほうこそ、お疲れさんだろ。でも帰ってきたってことは、オペ後の患者さんの経過、いい感じなんだな？」

「おう、当直に任せても大丈夫な感じじゃやったからな。帰ってきたんや」

「いつ？」

「んー、終電にギリ乗れたから、一時前やったかな。車を手放してしもたせいで、帰りの足の自由がきかんのがちょっこし不自由や」

江南は少し残念そうにそう言った。

学生時代から自動車好き、しかもスポーツカーや高級車というより、むしろヴィンテージ手前のやや古い型の自動車をこよなく愛し、乗り続けてきた江南なのだが、「仕事でヘトヘトになった後に運転するのは危ない」という篤臣の意見を受け入れ、ついに自動車を手放した。

そうでなくても、古い車というのは、メンテナンスに手間とお金がかかる。こまめに乗ってやることもエンジンのためには必要なのだが、仕事柄、それが難しいこともあって、決断に至れたらしい。

　それでもまだ、自動車があった頃の生活を控えめに懐かしむ江南に、篤臣はきっぱり言った。

「好きな時間に帰れない不自由はわかるけど、お前が事故を起こしたら、俺はどうすりゃいいんだよ。そこを考えてくれよな」

「せやんな。大事な嫁に苦労かけたり、悲しませたりしたらアカンわな。わかっとる。電車も、慣れたら楽や。幸い、たまのことやったら、タクッてもどうっちゅうことのない距離やしな」

「そうそう」

　相づちを打ちながら、篤臣はすまなそうな顔つきになった。

「それにしたって、マジで先に寝ちゃってて悪かったな。今から帰るって連絡さえしてくれりゃ、起きて待ってたのに」

　だが、江南は屈託なく笑ってかぶりを振る。

「アホ。起きて待たしたら悪いと思うて、帰れるっちゅう連絡は、敢《あ》えてせえへんかったんや。どうせ晩飯は医局で済ましたし、風呂入って寝るだけやったしな」

「それでも……マジでただ寝るだけなら、医局の仮眠室のほうが長く眠れたはずだ。わざわざ帰ってきてくれたってことは……その」

口ごもり、頬をうっすら染めながらも、篤臣はボソボソと言葉をつけ足す。

「俺に、会うために帰ってきてくれたんだろ？」

「そらそうや」

いつもは鋭い切れ長の目を細く和ませ、江南は篤臣の柔らかな髪を梳《す》いていた手を、頬に滑らせた。

「だったら、寝てる俺じゃつまんなかったろ。お帰りも言ってやらないなんて、自分の寝つきのよさに、さすがにちょっと凹《へこ》むよ」

篤臣はそう言ったが、江南は篤臣が自己嫌悪する暇をそれ以上与えないよう、即座に「ええねん」と笑った。

「お前がぐうすか寝てるんを見るだけで、なんや物凄《ものすご》いホッとした」

「江南……」

「なんも緊張せんでええ、幸せで温《あつた》かい場所に戻ってきた。そう思うたら身体から力が抜けて、ぐっすり眠れた。仮眠室やったら、そら時間は長いこと寝られるやろけど、そうはいかん。やっぱし、あそこでは緊張と隣り合わせの睡眠になってまうやろ」

「そっか。だったらよかった」

「おう。なんちゅうても、お前の隣で眠れるんは、世界でただの一箇所きりやからな。ここに帰ってきて正解や」

そんな睦言《むつごと》を口にする江南の顔には、なるほど疲労の色は残っていない。短時間でも、良質の睡眠が取れた証拠だ。

篤臣はようやく安堵《あんど》して、江南の温かだが消毒薬で荒れてかさつく手のひらに、自分から頬をすり寄せた。

「けど、もう出掛けるのか？　いくら術前カンファレンスがあるっていっても、早すぎるだろ」

篤臣に問われて、江南は小さく頷いた。

「今日の術式、俺はまだ不慣れなやつやからな。せっかく今回も、小田《おだ》先生の第一助手に指名してもろてんねん。術中にマゴマゴして迷惑かけんように、納得いくまでシミュレーションしときたいんや」

真顔になってそう語る江南を見ているうち、篤臣の頬には対照的に笑みが広がっていく。

お互いに現場主義で肌が合うらしく、消化器外科の小田教授は、江南に大いに目をかけ、可愛《かわい》がってくれている。

とはいえ、金銭や医局内の地位で「可愛がる」わけではなく、医療の現場で、知識や技術を惜しみなく分け与えるというのが小田の愛情の示し方なので、江南のほうにも、それを受け取り身につけるため、相当な努力が要求されるというわけだ。

今のところ、小田の期待に十分に応《こた》えている江南は、最近、手術室において、執刀医に次ぐ立場の第一助手を任せられる機会が増えたらしい。

無論、医局内の序列を部分的に飛び越えた人事だが、江南の日々の努力は同僚皆が知るところなので、先輩医師たちにも異を唱える者はいなかった。

学生時代からずっと江南を目の敵《かたき》にしていた大西《おおにし》ですらも、今はよきライバルとして江南の実力を誰よりも認め、評価している。

傍《はた》から見れば順風満帆を絵に描いたような現状だが、篤臣だけは、江南が恩師の期待という重圧に耐え、患者のため、自分のために、いささか頑張りすぎなことを知っている。

パートナーのキャリアが充実していることを喜ぶ一方で、仕事に押しつぶされてしまわないかと心配になることもしょっちゅうだ。

だからこそ、篤臣の口からは、祝福でも励ましでもなく、江南を案じる小言めいた言葉がこぼれた。

「あんま、無理すんなよ？　そう言ったって、お前はいつも自分のことは二の次、三の次にしちゃう奴だってわかってるけど、だからこそ、俺だけはしつこく言うぞ」

「わかっとる。お前がそう言うてくれるから、俺かてこれでも、自分のことを大事にしとるつもりやで」

「まだまだ足りねえよ。……んで、早く出勤する理由はわかったけど、さっきの凄い物音は、なんだったんだ？　どこで何してた？」

「ああ、せや」

江南はニッと笑うと、どこか得意げに「朝飯や」と言った。

篤臣の眉根が、軽く引き寄せられる。

「朝飯？　なんだよ、腹が減ってたんなら、それこそ起こしてくれれば」

だが江南は、そんな篤臣の鼻筋をぎゅむっと摑《つか》む。

「違う違う、お前の朝飯や」

「俺の？」

キョトンとする篤臣に、江南はほろっと笑った。

「お前、えらい疲れとるみたいやし、ひとりのときは、ようギリギリまで寝とって、朝飯を抜くて言うとったやろ」

「う、うう、まあ」

「朝飯は、一日の活力源やからな。たまには俺がお前に用意したりたいと思うたんや」

「う……そ、そりゃ、ありがと」

「おう」

笑顔で頷《うなず》くと、江南はさっき整えたばかりの篤臣の髪をくしゃくしゃとかき回し、むっくり起き上がった。

「医局の秘書さんに、冷めても美味《おい》しく食えるメニューを教わったけど、できたら温いうちに食うてくれや。ほな、行ってくる」

「わかった。……今日は？」

「ちょい遅うなるけど帰れると思うで。晩飯には、たぶん間に合わんかな。残念やけど」

「わかった。じゃあ、軽い夜食だけ念のために用意しとく」

江南は笑顔のままで頷き、篤臣にもう一度、今度はとても名残惜《なごり》しそうなキスをして、手のひらで頬をぺたぺたと軽く叩《たた》いてからベッドを降りた。そのまま軽く手を振り、扉の向こうへ長身が消える。

廊下をドタドタと歩く足音、そして玄関の扉が開閉する音を聞いてから、篤臣は片手をシーツについて、ゆっくりと身を起こした。

江南が出ていってしまうと、家の中は途端にしんと静まり返る。

いつもなら気にならない、むしろ心地《ここち》よいはずの静寂が、今はどことなく物寂しい。

「……早すぎるけど、起きよう」

口の中で呟いて、篤臣はベッドを降り、素足をスリッパに突っ込んだ。身支度は後回しにして、まだ重い足を引きずり気味に、ダイニングへ向かう。

テーブルの上には、なるほど、一人分の朝食が用意されていた。

いささか大きすぎる皿の上に載っているのは、食パンを四つ切りにして作ったフレンチトーストだ。

それに、小さな魔法瓶が置かれているところをみると、コーヒーまで淹《い》れてくれたのだろう。

あとは、冷蔵庫にあったサラダミックスをそのまま一摑み盛ったようなサラダと、ゆで卵が一つ。

まさに、街中の昔ながらのコーヒーショップで出てくるような、無骨な朝ご飯である。

「…………」

なんとなく嫌な予感がしてキッチンを覗《のぞ》いた篤臣は、うああ、と地底から湧き上がるような呻《うめ》き声を上げ、片手でこめかみを押さえた。

案の定、洗い物までしていく余裕はなかったらしい。

シンクの中には、たったこれだけを準備するのに、何故そこまであれこれ使う、と叫びたくなるほど、調理器具や食器が山積みになっていた。

フライパンは少々焦げついているし、ゆで卵を一つゆでるためだけに使ったらしき鍋《なべ》は、普段、篤臣がシチューを作るときに使う大きなものだ。

フレンチトーストを作るとき、卵液を作るのにボウルを使い、それをわざわざバットに移し、しかもそのときに卵液をこぼしたのだろう。

「はあ……」

調理台に飛び散った卵液を半ば無意識に拭《ふ》き取りながら、篤臣は深い溜《た》め息《いき》をついた。

ガスコンロにも、仕上げに加えたとおぼしきグラニュー糖が飛び散り、熱で溶けてガラストップにこびりついている。

これは、あとで濡《ぬ》らしたキッチンペーパーでふやかし、徹底的に取り除かないと、焦げて大変なことになってしまう。

フレンチトーストを引っ繰り返すのにも苦労したらしく、フライ返しを二つも使った形跡がある。

一方で、ザルが見当たらないところをみると、サラダ菜を洗うという観念はなかったとみえる。

「参ったな。……いや、片づけは帰ってからにしよう」

江南にすっかり汚されてしまったキッチンからはひとまず目を背け、篤臣はガックリ肩を落としながらもテーブルについた。

（ったく、こういうとき、どの皿を使えばいいかもわかんないあたり、日頃から手伝いが足りてない証拠だぞ）

そう思いながらも、篤臣の顔には笑みが浮かんでいる。

江南が、ベッドの誘惑を振り切って起き出し、篤臣の喜ぶ顔を想像しながら、ウキウキと料理を作り、彼なりに精いっぱい気を遣って盛りつけたことが、見れば十分すぎるほどわかるからだ。

余計なことをしやがって、と言いたいところだが、心の大部分は、ありがたい、嬉しいという気持ちに占められている。

「あ、そうだ」

いったん手にしたフォークを置き、篤臣はスマートホンを取り出した。

それで、朝食のテーブルを写真に収める。

馬鹿馬鹿しいと思いつつも、それを待受にしておけば、なんとなく仕事でつらいときも頑張れるのではないか……そんな気がしたのである。

「とにかくいただきます！」

手を合わせて挨拶《あいさつ》をし、魔法瓶からマグカップにコーヒーを注ぐと、篤臣は再びフォークとナイフを手にした。

フレンチトーストをナイフで切り、口に運ぶ。

フレンチトーストというと、とろけるように柔らかな食感が一般的だが、江南が作っていったものは、歯を立てると溶けて固まった砂糖がしゃりっと砕け、カラメルの味がする。

卵液にもさっと潜《くぐ》らせただけらしく、パン自体も十分な歯ごたえを残していた。

「なるほど、これが『冷えても旨《うま》い』コツかもな。卵液には、甘さを一切つけてないのか。あとでグラニュー糖をまぶして、甘さを調節するわけだな。うん、けっこう旨い」

ひとりでブツクサ分析しながら、篤臣はもぐもぐとフレンチトーストを頬張った。

そして、確かに、誰かが自分を想《おも》って作ってくれた朝ご飯は、一日の活力源だな……と実感し、誰もいないのに照れ笑いをしたのだった。


「あ、馬鹿馬鹿しい！　何よ、美味しいフレンチトーストが出てくる店の話かと思ったのに、いつまでもラブラブなカップルののろけ話とか！　ないわ！」

それから時計の針がほぼ一周した夕刻、K医科大学法医学教室の実験室には、講師の中森《なかもり》美卯《みう》の尖《とが》った声が響いていた。

「や、別にのろけてるわけじゃないです。ホントに旨かったんですよ。あいつに作り方を聞いて、美卯さんにも教えようかなと思ったんですってば」

憤慨する美卯を笑いながら宥《なだ》めているのは、言うまでもなく篤臣だ。

午前九時半から始まった解剖がついさっき終わり、二人は採取したサンプルを処理しながら、世間話をしている最中なのである。

学生時代から江南と篤臣を知っている美卯は、二人のこれまでの道のりを、留学時代を除けば、常に近くで見守り続けてきた人物ということになる。

篤臣にとっては、上司というより法医学の先輩であり、姉のような存在でもあった。

「それにしても、江南君がフレンチトーストねえ。どんな顔して、そんなお洒落《しゃれ》な料理を作ったんだか。クックパッドでも見たのかしら」

解剖室で採取した血液を遠心分離機にかけ、検査に必要な成分を小さなチューブに取り分けながら、美卯は首を傾《かし》げた。マスク越しなので、言葉はやや不明瞭《ふめいりょう》だ。

こちらは、美卯のためにチューブに症例番号と通し番号を油性ペンで書き込みながら、篤臣は答えた。

「医局の秘書さんに教わったらしいですよ」

「あー、『うちの嫁さんに旨い朝飯を食わしたいねん』とかなんとか言って聞き出したんだ？　はっずかしい！」

「ちょ、その無駄に上手い物真似《ものまね》、やめてくださいよ」

「つきあいが長いと、あの独特な大阪弁が移っちゃうのよ」

実に迷惑そうに顔をしかめた篤臣に、美卯はそう言ってクスッと笑った。それから、チューブのキャップをしっかり閉め、マスクを下にずらす。

「はあ、それにしても羨《うらや》ましいなあ。ホント、いつまでも仲良しよねえ、あんたと江南君」

「いつか仲悪くならなきゃいけないってもんでもないでしょう。俺たちだって、まったく波風が立たないってわけじゃないんだし。一緒に暮らしてりゃ、それなりに色々ありますって」

「それはそうでしょうけど、独身女子には羨ましい限り。こないだの件で、おつきあいも結婚も当分結構ですって気分になっちゃったしね」

そんなことを言って、美卯はどこかシニカルに笑った。

「ああ……」

篤臣も、どう言葉を返していいかわからず、微妙な困り顔になる。

美卯の言う「こないだの件」というのは、美卯の母親ミドリが昨年末、K医大に入院し、胃癌《いがん》の診断を下されて、外科手術を受けたことだ。

一人娘の行く末を案じる母親を安心させようと、ミドリの主治医となった消化器内科医であり、江南や篤臣の同級生でもある楢崎千里《ならさきちさと》が、美卯の「偽装恋人」を買って出た。

二人はかなり真剣に「恋人」を演じてみせたのだが、やはり母親の勘は鋭く、ミドリはあっという間に娘の演技を見破り、偽装カップルの奮闘は水泡に帰したのである。

篤臣は、躊躇《ちゅうちょ》しながらも問いかけた。

「だけどあのとき、楢崎とデートの真似事もしたんでしょう？　偽装とはいえ、それなりに楽しかったって楢崎は言ってましたよ？」

「あ、それは確かに認める」

美卯はスツールをくるんと回転させて、身体ごと篤臣のほうを向いた。

冗談めかしてアラフォーを自称し始めた美卯だが、流行を追わないシンプルでラフな服装を好むせいか、あるいはもともとの顔の造作があっさりしているせいか、三十代であることはわかるとはいえ、詳細な年齢がわかりにくい若々しい容貌《ようぼう》をしている。

篤臣もどちらかといえば童顔気味なので、教室を束ねる城北教授からは二人まとめて、

「君たちはいつまで経《た》っても学生のようで、貫禄《かんろく》が備わらないね」と苦笑いされる始末だ。

「楢崎君、女性の扱いは聴診器と同じくらい慣れてるっぽかったし、終始スマートにエスコートしてくれるし、それなのに、こっちの希望もちゃんと聞いてくれるのよね。正直、彼氏にしたらパーフェクトなんじゃないの、あの子」

そんな美卯の賛辞に、篤臣はちょっと面白そうにツッコミを入れた。

「そんなに完璧《かんぺき》な『偽装彼氏』だったのに、『あの子』呼ばわりなんだ?」

美卯は勝ち気らしい眉《まゆ》をハの字にして、幾分気まずげに言い返す。

「だって、年下だもん。それに、彼氏としては完璧でも、将来を考えるとなると、ねえ」

「どういうことです? そんなにスマートで思いやりのある旦那《だんな》、女の人には嬉しいんじゃないんですか?」

「んー、そつがなさすぎて、逆にちょっと息苦しいかもよ。それにそういう人って、結婚したら、急に亭主関白になりそうじゃない」

「うわ、それ楢崎に言っちゃ駄目ですよ。あいつ、けっこう真剣に『偽装カップル』になりきろうとしてたんですから。そんな酷《ひど》いこと言われたら、さすがに傷つくと思いますけど」

「わかってるわよ! それについては、物凄く感謝してるって。だけど、つくづく私、自分

がああいうのに向いてないなーって思ったの」

「ああいうのって？」

「男の人とデートとか、そういうリア充な暮らしに」

「身も蓋《ふた》もないなあ」

篤臣は呆《あき》れ顔でそう言いながら、使わなかったチューブを片づけ、テーブルの上を綺麗《きれい》に拭く。

その几帳面《きちょうめん》な手つきを眺めながら、美卯は淡い色のリップクリームをつけた唇を尖らせた。

「私、休みの日は昼まで寝ていたいし、解剖が入らなくて外出したいと思ったら、そのときに電話をかけてつかまる相手、特に、お洒落やメイクに気を遣わなくていい女友達と出かけたい。食事も飲みも、服装や話題やマナーや支払いに頭を悩まさなくていい相手がいいわ」

「……はあ。それで？」

それは、俺にとっては江南ですけど、という言葉を賢明にも飲み込み、篤臣は先を促す。

「母の入院騒ぎをきっかけに、自分の将来を少しは真剣に考えるようになったのよ、私も。母の心配も痛いほどわかったし、ありがたいと思うし、できたら安心させてあげたいとも思うしね。だけど、考えれば考えるほど、このままでいいかなって」

どうやら、解剖後の休憩はセミナー室ではなくここでこのまますることになりそうだと思いながら、美卯の向かいのスツールに腰掛けた篤臣は、実験机に軽く背中をもたせかけた。

「このままってのは、独身でずっと行くってことですか？」

「そうしようって心に決めたわけじゃないのよ？　だけど、親を安心させたいからってお相手を探すのも、違うかなって。だって永福君だって、そんなつもりで江南君と一緒になったわけじゃないでしょ？」

篤臣は苦笑いで首を振る。

「親を安心させるどころか、それこそ江南とのことが露見したとき、どんだけ大変だったか。俺、母親に泣かれたのもキレられたのも初めてだったから、ホントに途方に暮れましたよ。そうなった原因は江南だけど、それを解消してくれたのも江南だから、人生不思議なもんだなって思いますけどね」

美卯も笑顔で頷いた。

「今は、永福君のお母さんと江南君、仲良しなんでしょ？」

「そりゃもうずいぶんと。俺の相方っていうより、自分の若いボーイフレンドくらいの感覚なんじゃないですか。よく、江南のことを男前だって言ってるし、頼りにもしてるし」

「旦那を褒められて嬉しいんじゃないの？」

「そりゃまあ、貶《けな》されるよりはいいですけど、さすがにちょっと面白くないときもありますよ」

「またのろけられた……！」

絶望の声を上げ、両手で顔を覆う美卯に、篤臣は慌てて言葉を継いだ。

「ちょ、ちょい待ち、別にのろけじゃないですってば。それよか、美卯さんの話でしょ。じゃあ、当座は現状維持で行くってことですか？　で、自然な成り行きでの出会いを待つ？」

美卯はまだちょっと怖い顔で、それでも顔から手を外し、曖昧《あいまい》に頷いた。

「まあ、これまでよりは出不精を改めて、友達の誘いにももう少し積極的に乗っかっていこうかな、とは思うけど。だって、この年代の働く女って、ひたすら職場と自宅の往復でしょ？　出会いっていっても、ドラマみたいなことはそうそうないんだし」

篤臣も腕組みして同意する。

「確かにそうですよね。大学の中は勿論《もちろん》、電車の中で運命の出会いなんて、まず起こりませんし。あ、でも、俺と江南は、入学式でたまたま隣の席だったのが今に繋《つな》がってるわけで、考えてみればけっこう偶然のドラ……あっ、すいません！　のろけじゃないです！」

美卯の顔が再び険しくなりかけたのに気づいて、篤臣は慌てて両手を振り、「どうぞ続きを！」と全力で促した。

美卯は、百年の恋も冷めるような仏頂面で、それでも律儀に話を続ける。

「合コンとかも、食わず嫌いせずに、いっぺんくらい行ってみるかなあ。でも、人の死体を切ったり縫ったりして帰ってきて、その手でお夕飯を作る嫁とか、望んでくれる人がいるのかしら？」

「……俺、まさにそれですけど。医者ってせいもあるでしょうけど、江南は特に気にしてませんよ？」

「そうだったわ。でも、江南君は、永福君でさえあれば、どんなことしてたってオッケーでしょ。ああ、いない片割れにまでのろけられてる気分……」

さらに眉間《みけん》の皺《しわ》を深くした美卯は、それでも気を取り直し、自分の話に戻る。

「まあとにかく、そういう努力くらいはする一方で、この先、女ひとりで生きていくことを想定して、足場を固めていくべきかなって。それは、結婚なんかしない！　っていう意思表示じゃなく、ね。上手く言えないけど」

言葉に詰まる美卯に対して、篤臣も考えながら口を開く。

「そこは別に、矛盾することじゃないと思いますよ。出会いを模索しつつ、ひとりでも快適にしっかり暮らせるように準備するって、むしろ盤石じゃないですか。ていうか、具体的に何をするつもりなんです？　その、おひとり様路線での備えのほうは」

すると美卯は、背筋を伸ばし、やけにきっぱりとこう言った。

「家を……マンションを買おうと思うの」

「うわっ」

素直な驚きを全身で表現して、篤臣はスツールに座ったまま軽くのけぞる。そんな篤臣を、美卯は軽く睨《にら》んだ。

「何よ？　イタイとか言うつもり？」

「じゃ、なくて！」

篤臣はぶんぶんと首を横に振り、それから言葉を探しつつ口を開いた。

「確かに、世の中ではよく言いますよね。独身女子がマンションを買って猫を飼ったら、もうそれで独身街道驀進《ばくしん》コースだって」

「でしょ。確かにそういう側面はあると思うけど、今みたいに、何年家賃を払っても、何一つ自分のものにならない賃貸マンションに住むのも意味がないから」

喋《しゃべ》りながら、美卯は大きめのヘアクリップでまとめていた髪を解《ほど》き、手櫛でワサワサともつれを解《ほぐ》し始めた。

解剖中、篤臣たちは手術用のキャップを被《かぶ》るが、美卯は少しボリュームのあるターバンで頭を包む。そのときの紐《ひも》のかけ方が悪いと、今のように奇妙な癖がついてしまうらしい。

篤臣も衝撃から立ち直り、「確かに」と首を縦に振る。

「ですよね。俺は、江南が買ったマンションに転がり込んじゃったし、アメリカにいたときも、消化器外科が借り上げてくれた家に住んでたし、あんまりこれまで、住まいについて考えたこと、なかったんですよね。言われてみれば賃貸って、そういうところはちょっと虚《むな》しいなあ」

「でしょ？　勿論、賃貸にも、身軽だし、維持費とかの余計な出費を抑えられるっていう利点があると思うのよ？　だけど、女ひとり生きていく準備として、今みたいに安定した仕事をしているうちに、自分の家を手に入れて、ローンを組むのは大いにアリだなって思うの」

「それにしたって、大きな買い物ですよね。あ、そういえば一軒家じゃなくて、マンションがいいんですか？」

「一軒家は、さすがに維持管理が大変そうだもの。税金だって大変だし。ひとりで生きていくにせよいつか結婚するにせよ、マンションなら、そのまま住む、手放す、誰かに貸す……どっちにしても、一軒家よりフットワークが軽そうでしょう？」

立て板に水の滑らかさで自分の考えを述べる美卯に、篤臣は感嘆の溜め息をついた。

「ホントに、凄く考えた上での決断なんですね、マンションを買うって」

「そりゃそうよ。お正月、お陰様で解剖を免除してもらって、実家で自宅療養中の母と一緒にいたでしょう？　いまだかつてなく時間があったもんだから、色々と考えたの。そこから、こっちに戻ってきて、マイホームを買った知り合いに話を聞いたり、ネットで情報を集めたり。……でね、永福君。ものは相談なんだけど」

「……はい？」

このタイミングで水を向けられ、篤臣はそこはかとなく嫌な予感に襲われる。

「なんですか？」

だが、いきなり冷淡な態度をとるわけにもいかず、一応、礼儀正しくそう訊《たず》ねてみる。

すると美卯は、実にいい笑顔でこう言った。

「江南君が一緒でもそうでなくてもいいから、次の土曜、解剖が入らなかったら、モデルルーム見学につきあってくれない？」

「あああ……なんかそんな予感がしてましたよ」

篤臣はいささか困惑した様子で、美卯を見た。

「だけどそういうの、それこそ女友達を誘ったほうがいいんじゃないですか？」

すると美卯は、難しい顔つきになって答えた。

「つきあってもらったことは、何度かあるのよ？　だけど、マイホームをすでに持ってる子たちは、やっぱり自分たちの家に足りないものを求めるでしょ？　特に収納とか、水回りの設備とか」

「ああ、よく聞きますね、それ」

「で、持ってない女子は、レトロ物件のリノベーションやら、デザイナーズハウスやら、やたら夢いっぱいの視点で物件を見るのよね」

「なるほど、両極端なんだ」

美卯は頷く。

「そうなの。だからいっぺん、今度は男性目線で、しかも実際にマンションで生活してる永福君たちの目で、私がどうかと思ってる物件を見てくれないかなーと思って」

「なるほど、そういうことですか。もう、目当ての物件もあるんですね？」

「あるのよ。っていうか、永福君たちが住んでるマンションにも空き部屋がいくつか出てて、わりと魅力的だったんだけどね」

「えっ、や、それは」

別に美卯が嫌いなわけではないし、むしろかなり好きではあるが、同じマンションの住人となると、何故か微妙な気持ちになるものだ。思わず顔を引きつらせた篤臣に、美卯はヒラヒラと手を振ってみせた。

「やあね、そこは候補から外したわよ。私だって、職場関係者と自宅周りで顔を合わせるのは、あんまり好きじゃないの」

「で、ですよね？」

「うん。それに、他にもK医大関係者が多すぎて、ちょっと面倒くさいかなって。だから、他の新築マンションと、中古なんだけどリノベーション済みのマンションを、かなり真剣に検討してるの。その二箇所を、一緒に見てくれないかなって話なんだけど、どう？」

篤臣は少し安堵して、スマートホンを取り出し、カレンダーを立ち上げた。

「それこそ解剖が入らなきゃ、俺は大丈夫ですよ？　江南の予定はちょっとわかんないですし、あいつが家にいるかどうかは、患者さん次第なところがあるんで。もし、いるようなら誘ってみましょうか」

「うん、お願い。ただ、江南君が気が進まないようなら、蹴《け》ってくれていいわ。二人で過ごす休日、貴重なんでしょ？」

そう言われて、篤臣はちょっと頬を赤らめて頷いた。

「まあ、そこは」

「もう、隙《すき》あらばのろける！」

「いや、今のは美卯さんが！」

そんな他愛ない言い合いをする上司と部下の向こう、大きな窓の外では、とうに散ってしまった桜と入れ替わるように、イチョウの若葉が鮮やかな黄緑色に育ち始めている。

職場のミニマムな面子《メンツ》は今年も変わらないようだが、大学には新入生が入り、もうすぐ、実習で新しい学生たちが法医学教室に回ってくるだろう。

そんな、あちこちで何か新しいことが始まる季節に、新居を購入するというアイデアはいかにもふさわしい気がして、美卯と篤臣は、美卯が購入検討中のマンションについて、さらに篤臣と江南が今暮らしてるマンションについて、あれこれと賑《にぎ》やかに話し始めた……。

その夜。帰宅して、江南が散らかしたキッチンを片づけ、入浴を済ませ、さて、ひとりの夕飯に軽くお茶漬けでも食べようかと思ったところで、スマートホンが着信を知らせる音に気づき、篤臣はキッチンを出た。

風呂上がりのジャージ姿でリビングに行き、ソファーの上に置きっ放しになっていたスマートホンを手にする。

江南からは、「あと一時間くらいで帰れそうだ。夕食も家で食べたい」という旨のメールが来ていた。

「うぇ、マジかよ！　夜食程度でいいって言ってたじゃん」

篤臣は、思わずスマートホンで時刻を確かめた。

午後八時四十七分。最寄《もよ》りのスーパーマーケットは、すでに閉店している。二十四時間営業のスーパーマーケットは、自動車でなければ行きにくい立地だ。

「そのためにタクシーを使うってのはやりすぎだし、買い物して帰ってきたら、江南ももう帰ってきちまうなあ。うーん。あり合わせで何かあったかな」

とにかく、「わかった。気をつけて帰ってこい」と返信してスマートホンをジャージのポケットに突っ込み、篤臣はキッチンへ戻った。

まずは取るものもとりあえず、米を洗って炊飯器にセットする。

冷凍庫には残りご飯のパックがいくつかあるが、江南が家で食事を摂《と》れるときには、いつでも炊きたてご飯を出してやりたい篤臣なのである。

次に彼は、冷蔵庫、次に冷凍庫の中身をチェックした。

タイミング悪く、明日、週末の分も食糧を買い込もうと思っていたので、冷蔵庫の中には大したものがなかった。

ただ、根菜類がひととおり揃っていて、エリンギもあることに胸を撫《な》で下ろす。

(なんとなく、タマネギ、ジャガイモ、人参が揃ってると、安心するなあ。やっぱ、あいつがいるなら、ちゃんとした飯を作ってやりたいしな)

そんなことを思いながら冷凍庫を開け、目についたパックを引っ張り出す。

「塩鮭《しおじやけ》はちょっと……あ、でも待てよ」

塩鮭が二きれ入ったパックを冷凍庫に戻しかけ、しかしふと何かを思いついた篤臣は、ガスコンロ下についているグリルにアルミホイルを敷き、冷凍のままの塩鮭を焼き始めた。

それから冷凍庫に引き返し、いくつかパックを取り出しては戻し、ついに「やった!」と小さな声を上げる。

彼の手には、合挽《あいびき》ミンチのパックがあった。先日、特売の日に買って、そのまま冷凍庫に放り込んでおいたものだ。

とにかく肉好き、子供味覚な江南だけに、メインのおかずは、子供が喜ぶようなものがいい。合挽肉とタマネギがあれば、江南の大好きなハンバーグを作ってやれる。

今朝《けさ》のフレンチトーストのお礼に、いつもは味が濃いからと避けている照り焼きハンバーグにしてやってもいい。卵があるから、目玉焼きも載っけてやろう。

パックから取り出した固まったままの挽き肉《ひにく》をラップフィルムに包み、電子レンジで解凍を始めながら、篤臣はようやく落ち着いた気持ちでキッチンを見回した。

「よーし、サラダは二人分くらいレタスミックスがあるし、メインを照り焼きハンバーグにして、ポテトフライとエリンギのソテーを添える。で、あいつ、人参をグラッセにしたって食わないから、ポタージュにしようか。飯の後、残ったご飯は、ほぐした焼き鮭と胡麻《ごま》を混ぜておにぎりにして、明日、朝飯に持たせる。……完璧じゃね？」

自分の咄嗟の思いつきに満足した篤臣は、うん、と自分に気合いを入れ、愛用のエプロンをつけた。そして鼻歌交じりに、「ちゃんとした夕飯」を作り始めたのだった。


やがて、あらかた準備が整い、あとは江南が風呂に入っている間に、ジャガイモを揚げ、ハンバーグを焼けばいい……というところで、タイミングよく玄関の扉が開く音がした。

篤臣はざっと手を洗い、エプロンで拭きながら、玄関へ向かう。

今朝見たままの、ノーネクタイのスーツ姿の江南は、ちょうど革靴を脱いでいるところだった。

「おかえり！　えらく早く帰ってこられたんだな」

そう声をかけた篤臣に対して、「ただいま」と挨拶を返し、江南は顔を上げた。

その、いつもと変わらないはずの精悍《せいかん》な顔を見て、篤臣は、わずかな違和感を覚える。

「ん？　どうかしたのか？」

篤臣がストレートに問いかけると、江南は酷く気まずそうな顔で、「お、おう」と、要領を得ない返事をする。

篤臣は、両手をウエストに当てた。

「おい、なんだよ、その返事。マジでなんかあったのか？　もしかして、早く帰ってきたのは、その『何か』のせいか？」

矢継ぎ早に問いかける篤臣を、軽く片手を上げてひとまず黙らせ、江南は苦笑いした。

「お前は勘がよすぎるねん。ビビるわ。まあ、せめて家ん中に上がらせてくれや」

「ん……そうだった。ごめん。バッグ、持とうか？」

謝って片手を差し出した篤臣だが、江南は何故か、やけにきっぱり「あ、いや、荷物はええ」と言って、愛用のショルダーバッグと紙袋を持ち、真《ま》っ直《す》ぐリビングに向かう。

仕方なく、篤臣は江南の後についてリビングに入った。

「で、何？」

荷物を床に置き、ジャケットを脱いでソファーの背にかけている江南から微妙な距離を空けて立ち、篤臣は再び問いかけた。

江南の様子が微妙に不自然なことにはすぐ気づいたし、そういうとき、彼が必ず「何か」を抱えていることは、これまでの経験から確信している。

だが、今までの厄介事とは、どうも違う様子だ。

江南はなんとも決まり悪そうな表情をしているが、決して落ち込んでいたり、後ろめたく思ったりしてはいないようなのだ。それは、ポーカーフェイスができない江南のことなので、顔を見ればすぐわかる。

（とはいえ、いいことでもない感じだし……いったいなんだ？　このシチュエーションで「何かあった」っていえば職場だろうけど、それならもっと深刻な顔してそうなのにな）

不思議に思いながら、篤臣は、江南が答えるのをじっと待つ。

「それがなあ。今日、長らく胃潰瘍《いかいよう》で定期的に通院しとった婆さんの患者に、一部が癌化してオペが必要やっちゅう告知をせんとあかんかってなあ。それも出血があるから、即日入院してもらうことになったんや」

江南はやけに呑気《のんき》な口調で、そんな話をおもむろに始める。篤臣は、ビックリして目を見張った。

「それ、大変じゃないか。お家《うち》の人は……」

「それがまた、旦那さんにもひとり息子にも先立たれた、天涯孤独の婆さんでな。まあ、幸い、八十を過ぎて本人は矍鑠《かくしゃく》としとるし、手術にも前向きなんや。散歩が趣味だけあって、基礎体力も十分や」

「じゃあ、よかったじゃねえか」

「まあな。せやねんけど、問題が一つだけあって、やなあ」

そこで、江南の話のエッジが、あからさまに鈍くなる。篤臣は、優しい形の眉をひそめた。

「問題？　何があった？」

「んー。鳥を」

「とり？　チキン？」

思いもよらない言葉が江南の口から飛び出し、篤臣は首を傾げる。江南はへたれた笑みを浮かべ、手と首を同時に横に振った。

「違う違う、小鳥のほうや」

「ああ、そのお婆さんが、小鳥を飼ってたって話？　そうか、天涯孤独のひとり暮らしじゃ、入院中、ペットの世話は……って、お前、まさか！」

「せやねん」

江南はバリバリと頭を掻《か》き、弁解がましい口調で説明を続けた。

「すまん！　せやけど、小鳥を置いて入院はできへんの一点張りでなあ。痛みがだいぶ強うて、ちっちゃい婆さんが、苦しそうな顔でみぞおちを押さえながら、小鳥が、小鳥がて言いよるんや。つい、言うてまうやろ」

「……つまり、俺が預かります、とか安請け合いしちゃったわけか？」

「正解！」

冗談めかしてそう言った江南をギリッと睨み、篤臣は腕組みして声を尖らせた。

「ばっか野郎、そんなの正解したって、嬉しくもなんともねえや！　主治医が患者の小鳥を預かるなんて話、聞いたことがねえぞ」

「俺もあれへん。せやけど、俺がうっかり『ほな、入院中だけ預かろか？』って言うたら、婆さん、ぱあああっと笑ってなあ。あんなに喜ばれたら、『やっぱし無理！』とか言われへんやろ」

「やろ、って同意を求められても、知らねえよ。つか、このマンション、ペットOKなんだっけか？」

篤臣は険しい顔のままで詰問する。だが江南は、それに対しては即答した。

「おう、この部屋買うときに聞いた限りでは、小動物はOKや。犬猫はNGやけど、うさぎくらいまではええて聞いたで」

「そ……そうなのか。いや、それにしたって、そんなこと勝手に決めてんなよ！」

「せやからすまんて。せやけど、咄嗟に言うてしもたし、お前に訊ねる余裕もあれへんかってんや。すまん。ホンマにすまん」

両手を合わせ、腰を折るようにして、江南は篤臣に詫《わ》びまくる。

パートナーの勝手な振る舞いにまなじりを決しつつも、篤臣の心の中では、もうひとりの自分が「仕方ない」とすでに言い始めている。

学生時代から、江南の我儘《わがまま》に振り回されるのに慣れすぎて、諦《あきら》めがやたらと早くなってしまったのである。

それに、江南の話を聞くだに、そのときの彼には、それ以外の選択肢がなかったのだろうとも思う。事前に「いいか？」と訊《き》かれていたとしても、「駄目だ」とはとても言えなかっただろうとも思う。

篤臣は、少し声のトーンを和らげ、しかしまだ傲然《ごうぜん》と腕組みしたままで問いを重ねた。

「で、その患者さん、無事に入院してくれたのか？」

江南は笑顔で頷く。

「おう。おとなしゅう入院してくれたし、すぐに検査を始められた。当座の処置もできたから、あとは栄養状態を改善しもって、オペの準備や。胃粘膜からの出血も、今んとこおさまっとる。ええ具合に安定しとるわ」

「そりゃ、不幸中の幸いだな。……ていうか、あれ？　そんでお前、預かった小鳥はどこだよ？　カゴに入れて預かってきたんじゃないのか？　うちには小鳥用品なんか、なんにもないぞ。この時間じゃ、ペット屋さんも開いてないし」

結局、怒りながらも、小鳥を預かることは容認してしまっている篤臣の発言に、江南は緊張で強張《こわば》っていた頰をようやく緩めた。そして、足元に置いてあった、中くらいのサイズの紙袋を指さす。

「ここや」

篤臣は、驚いて目をパチクリさせた。

「マジで⁉　小鳥を紙袋に突っ込んで連れて帰ってきたのか？　電車で？　大丈夫かよ、つぶれてねえか？　つか、この家の中の、何に小鳥を入れて飼うつもりなんだよ、お前は！」

「まあまあ、落ち着け。ちょー座れ」

やけにもったいぶってそう言うと、江南は篤臣の手を取った。

「な……なんだよ、気持ち悪ぃな」

「ええから」

どうやら、篤臣が着席するまで、江南は小鳥と「面会」させるつもりはないらしい。

重ねて座るよう促され、篤臣は渋々、ソファーに腰を下ろした。

江南も篤臣の隣に座り、紙袋を自分の傍らに引き寄せる。

「じゃーん。ほしたら、小鳥とのご対面やな」

やけに楽しげにそう言うと、江南は両手を紙袋の中に差し入れた。そこから、彼は両手で大事にそうに何かを取り出し、篤臣の膝《ひざ》に載せた。

「は？　何これ」

篤臣は、優しい目をパチパチさせた。

ジャージの腿《もも》の上に置かれたのは、藁《わら》で編んだ、おひつのような形の容器だった。てっぺんが小さな小窓になっていて、そこには青いネットが取りつけられている。

「開けてみ」

「う……うん？」

江南にそう言われて、篤臣は怖々、容器の蓋に手をかけた。やけにしっかり閉まるようになっていて、開けるのに少し手間取る。

「よーし、開いた！　って、うわあああっ！」

パカッと蓋が開いた瞬間、篤臣の口からは、悲鳴にも似た驚きの声が上がった。

それもそのはず、江南が預かってきた「小鳥」とは、灰色の、まだ羽根すら生え揃わない小さなヒナ一羽だったのである……。

二章　小さな乱入者

ちゅん。

スズメを思わせる高い鳴き声に、驚きのあまり魂が抜けたようになっていた篤臣は、ハッと我に返った。

隣でやけにニヤニヤしている江南の顔を、キッと見据える。

「お前、マジで馬鹿だろ！　なんてもんを預かってくるんだよ！　なんだよ、まだバリバリのヒナじゃねえか、これ！」

「せやで。文鳥のヒナや。カワイイやろ～」

もはや、真実をすべて打ち明けてしまい、心のつかえがすっかり取れたのだろう。江南はまったく悪びれずそう言い放つ。

篤臣は、膝の上で、ちゅんちゅんと断続的に鳴いている恐ろしく小さなヒナを見下ろし、全身の空気が抜けきるような深い溜め息をついた。

「いや、可愛いけど。物凄く可愛いけど、問題はそこじゃねえだろ。お前、小鳥のヒナなんて飼ったことあんのか?」

江南は、平然とかぶりを振る。

「ないで?」

「俺もないよ! 大丈夫なのかよ、こんなちっちゃい生き物。マウスより小っちゃいんじゃないか? 握ったら即死だろ、こんなの」

狼狽《うろた》える篤臣を、まあまあと江南は宥めようとする。

「そないに慌てんな。即死するほど握る必要はあれへんやろ」

「そりゃそうだけど、でも……うわあ、動いた!」

「そら、生きとるからなあ」

「そうだけど! 欠伸した。おい、見ろよ。こいつ、クチバシの横っちょ、パッキンついてるぞ。やっぱ、餌《えさ》がこぼれないようにしてんのかな? なあ、卵から孵《かえ》ってどんくらいなんだ? あ、そういや、餌とかどうすんだよ? 猫みたく、二時間おきにミルクとかじゃないよな? そもそも何食うんだ、こいつ?」

まさにマシンガンのように疑問を連発しながら、篤臣は自分も鳥のように妙な首の曲げ方をして、色々な角度から文鳥のヒナを観察する。

「婆さんの家まで行って、ちゃーんとあれこれ教わってきたし、必要なもんも全部もろてきたで。心配ない」

自信たっぷりにそう言って、江南は紙袋から、ヒナのお世話グッズを取り出し始めた。

「婆さんも、ペットショップで買ってきて間ぁないから、正確な日齢はわからんみたいや。せやけど、まだ孵化《ふか》して何週間か……一ヶ月は絶対に経ってへんっちゅう話やったで」

「へえ……。なんかボーッとしてんな、こいつ。大丈夫かな。つか、文鳥のヒナって、こんなに地味なのか？」

ぼんやりと自分を見上げ、自分の動きに少し遅れて頭を巡らせるヒナを、篤臣は心配そうに顔を近づけて見た。

全体的に、小さな全身は濃い灰色の羽根に覆われ、一応、翼もあった。

しかし、羽根はやや疎《まば》らで、動きに従い、その下の身に薄そうな皮膚がチラチラ見える。

目は真っ黒、クチバシも黒く、さっき篤臣が「パッキン」と表現したように、クチバシの両サイドには、白い線状の柔らかそうな組織がくっついていた。

「よく見るとあちこちは虫類っぽくて、ちょっと気持ち悪い感もあるけど、基本的に可愛いな。あっ、また欠伸した！」

そんな、早くもヒナに興味津々の篤臣に、江南はしてやったりの含み笑いで言葉を返した。

「そら、ボーッとしとるんはしゃーない。小鳥は日没と共に寝て、夜明けと共に起きるらし

いからな」

「あっ、そうだよ。そりゃそうだよな！　子供だし鳥だし、当然、今は爆睡してる時間帯だよな。あああ、ゴメンよ。俺が蓋を開けたから、起こしちまったのか。悪い悪い」

それに気づいた篤臣は、慌てて蓋を手に取った。

だが、そんな篤臣の動きを牽制《けんせい》するように、ヒナは不意に、ちゅん！　とひときわ大きな声で鳴いた。

その直後、ささやかな翼をばたつかせ、不意に大きく口を開けたと思うと、チチチチチチ！　と忙《せわ》しい鳴き声を上げる。

ビックリして、篤臣は自分も驚きの声を上げ、血相を変えて江南を見た。

「な、何、どうした⁉　俺に起こされて、怒ってんのか⁉　すげえ激怒してるっぽいぞ」

「違うて。落ち着け。これは、目ぇ覚めて、腹が減ったって言うてんねや。口開けて、餌を催促しとるやろが」

「餌？　あ、そういう……。ああそうか、ツバメのヒナが、親鳥が巣に帰ってきたときにやってる、アレだな？　そっか、変な時間に起こされて、腹が減ってるのに気がついたのか。そっか。あ、でも、餌って？」

ホッとしながらも、チチチチとけたたましく鳴き続けるヒナを目の当たりにして、篤臣は上擦った声で問いかける。

対照的に、篤臣がすっかりヒナに興味津々であることに安心して、江南はいつもの呑気らしい口調で答えた。

「餌は、これや。ええタイミングや、たっぷり食わして、ゆっくり寝かせよか。慣れん場所やし、腹が膨れたほうが、よう眠れてええやろ」

そんな言葉と共に、江南が紙袋から引っ張り出したのは、ごく小さな黄色い粒が詰まったパックだった。穀物であるようだが何かはわからず、篤臣は小首を傾げる。

「なんだ、それ？」

「粟玉《あわたま》や。剝《む》き粟に、卵の黄身と蜂蜜《はちみつ》をまぶしたやつやねんて」

「へえ。いかにも栄養価が高そうだな。それが主食？」

「せや。それに、これを二割くらい足して、湯に入れて食べさせるんやて」

そう言いながら、もう一つの小さめのアルミパックを取り出し、江南は粟玉の横に置く。

「それは？」

「パウダーフードて聞いた。成分表を見るだに、まあアレや、総合ビタミン剤みたいなもんや。ヒナに必要な栄養を補助してくれるもんやろな」

「なるほど。それだけでいいのか？」

「基本、そんだけでええねんて。食べるようやったら、小松菜を磨りつぶしたやつなんかを食わしてもええらしいけど、手間やしな」

「ふうん……」

「ちょっと作ってみよか」

そう言うと江南は立ち上がり、キッチンへ向かった。

鳴き続けるヒナを案じて、篤臣はそんな江南を急《せ》かす。

「おい、何してんのか知らないけど、早くしろよ。滅茶苦茶腹が減ってるみたいだぞ、こいつ」

「わかっとる。すぐや」

ヒナを預かって帰ってきたのは自分なのだが、あっという間に、「保護者」の立場は篤臣に奪われてしまったらしい。江南は笑いを嚙み殺しながら、短く返事をした。

ほどなく江南は、ティーセットのミルクピッチャーに熱い湯を入れて戻ってきた。

ヒナの餌やり専用の、樹脂製の小さな容器にほんの少し粟玉を入れ、そこにパウダーフードを振りかけて湯を入れ、グルグルと混ぜ合わせれば準備は完了だ。

「こうして混ぜて、人肌くらいになったら食べ頃や。言うても、入れもんが小さいから、すぐ冷える」

「なるほどな。っつか、なんだかあんまり旨そうじゃねえな」

大騒ぎしているヒナを容器ごと抱えて、篤臣はすっきりした鼻筋に皺を寄せる。江南は、笑いながら、ヒナと篤臣を見比べた。

「まあ、ヒナの育て方にも色々あるみたいやけど、婆さんはペットショップで教わって、こうやって育ててきたらしい。とりあえず環境の変化には耐えてもらわなしゃーないから、せめて餌くらい、馴染《なじ》みのもんを食わせたらなアカンやろ」

「それもそうか。まあ、小鳥には旨そうに見えるのかもな。それを、どうやってやるんだ？　自分で食うのか？」

「そら、まだ無理や。じゃじゃーん」

そう言って江南が取り出したのは、注射器とスポイトの中間のような、不思議な形の器具だった。指を入れる持ち手のついたプラスチックの管に、いかにも中身を押し出すのに使うような芯《しん》が入っている。

「なんだよ、それ」

「これがな、『育て親』っちゅうねんて。ようできた名前やんな。これが、親鳥のクチバシの代わりや。これを、こうして……」

さすが臨床医、この手の器具の扱いは、お手の物らしい。

江南は器具の穴に指を通すと、管を垂直に立てて、とんとんと容器の底に打ちつけた。

なるほど、そうすることで、管の中に湯と共に粟玉と、溶けたパウダーフードが入っていく。

「よっしゃ。これで……」

江南は餌が詰まった器具を、ヒナに近づけた。

それが食事のサインであることを重々承知しているらしく、ヒナはいっそう激しく鳴き、顎が外れるのではないかと心配になるほど大きく口を開いて、餌を催促する。

「………」

さすがに軽い緊張の面持ちで、江南はヒナの口に管を差し入れた。ずいぶん喉《のど》の奥まで先端を進めてから、中身をちゅっと素早く押し出す。

「うわわ、そんなに奥にいっぺんに入れちゃって、大丈夫なのかよ⁉」

心配そうに顔を歪《ゆが》める篤臣に、江南は「大丈夫や」と笑ってみせた。

確かに、ヒナはむぐむぐと喉を動かしたが、苦しそうな素振りは見せず、すぐに次の一口を求めて盛んにまた鳴き始める。

「今度はお前がやってみるか？」

「あ……う、うん。大丈夫かな」

「大丈夫や。俺かて、夕方に教わったとき、いっぺんやってみただけやし」

「そんじゃ……」

篤臣は、「育て親」を受け取ると、実にぎこちない仕草で、江南がしていたように餌を管に詰めた。

それから、見るからに怖々と、管の先端をヒナのクチバシに近づける。

チチチチッ！

いかにも小さな子供が「早く！」と大騒ぎするように、ヒナは催促の声を上げ、頭を細かく震わせて餌を求める。まさに緊急事態といった、小さな全身を余さず使ったアピールだ。

「うう……こ、こう、でいいのかな？」

「思いきりよう、せなアカンで。躊躇《ためら》ったら、粟玉がかえってこぼれてややこしいことになるからな」

そんな江南のアドバイスを受けて、篤臣は、えいやっとヒナの大きく開いたクチバシの間に、管の先端を差し入れた。

意外なほどスムーズに、管は喉まで通っていく。ヒナも、みずから管を迎え入れるような動作をした。

「で、餌を入れる……」

「それも素早くな」

「お、おう。よしっ、入った！」

篤臣は、管を引き抜き、全身にガチガチに入っていた力を抜いた。

「見てみ。餌袋……ええと、そのう、て言うんやったかな。粟玉が入ったんが見えるやろ」

「あ、ホントだ」

江南は指先で、ヒナの首筋を示す。首の両側には、疎らな羽根の間から、粟玉がぎっしり詰まった、薄い袋状の組織が見える。意外なほどの大きさだ。

人間で言うところの胃袋が、文鳥のヒナだと、そんなわかりやすいところにあるらしい。

小鳥のヒナというのは、かなりの量の餌を一気にそこに蓄え、それをゆっくり消化していくもののようだ。

「欲しがるだけ、ここがいっぱいになるまで食わせて、あとは暖こうして寝かせたらええらしい。人間の赤ん坊と、基本的には一緒やな」

そんな江南の説明にお構いなしに、ヒナは再び鳴き始める。

「なるほどなあ。……って、まだ欲しいのか？　寝る前にそんなに欲張って大丈夫かよ。じゃあ、もう一口な」

さっきよりはずいぶん慣れた様子で、篤臣はもう一度管を粟玉で満たし、それでもまだおっかなびっくりで、ヒナの喉に餌を流し込む。

さらにもう一口せがんで食べたところで、どうやら突然、満腹になったらしい。

ヒナは見るからに満足そうにクチバシを何度か開閉すると、そのまま身体をむくむくと丸くし、羽根にクチバシを埋《うず》めるようにして、目を閉じてしまった。

小さな生き物特有の忙しない呼吸をしているが、たちまちの安らかな爆睡である。

「あ、寝た。食ったら即寝た。ホントに、赤ん坊だなあ。うん、よく見りゃ、羽根がスカスカなところも可愛いな。うん、可愛い。どこもかしこも可愛い」

すっかりヒナに心を奪われたらしき篤臣を愛おしげに見やり、江南はこう言った。

「この部屋は暖かいから、敢えて保温の必要はないやろ。蓋を閉めといたら、まあええ感じ違うかな」

「そうだな。ぐっすり朝まで寝かせてやろう。でも、夜はちょっと肌寒いかも。即席のプチ湯たんぽ、用意しとくか。お前、何か適当な箱を見つけてこいよ」

そうっと容器の蓋を閉めた篤臣は、そのままそれをローテーブルにそっと置いて立ち上がった。

さっき江南が沸かした湯がほどよく冷め始めているので、それを密封できるビニールバッグに詰め、タオルに包んだものを作って、リビングに戻る。

「このくらいの大きさでええかな」

一方で、江南が物置から探してきたのは、藁編みの容器を入れても少し余裕ができる大きさの段ボール箱だった。

「うん、それでいいや。底にプチプチシートを敷いて、その籠を入れて、湯たんぽを脇に置いて、と。これで、朝までほどよく暖かいだろ。気持ちよく眠れるといいな。見た目より神経が図太いみたいだから、きっと大丈夫だろ」

優しい笑顔でそう言うと、篤臣は箱の上からバスタオルをかけた。

これで、即席の育雛箱《いくすうばこ》の出来上がりである。

「これで、一件落着やな。朝までグッスリ寝よるやろ。寝る子は育つ、や」

そう言って、江南はソファーに再び腰を下ろした。

隣を手の平で叩いて促され、まだヒナを気にしながらも、篤臣も江南の隣に腰を下ろす。

「はあ、ビックリの連続で、疲れ果てたよ。お前、マジでとんでもないことをするよな」

「驚かしてすまん。せやけど、可愛いもんやろ？」

「まあな。……つか、あいつ、どのくらいの間隔で飯食うわけ？　一日何回？」

問われて、江南は若干、具合の悪そうな表情と口調で答える。

「まあ、欲しがったらやる感じらしいけど、四時間おきくらいに、一日、四、五回、今みたいな感じでやればええねんて。餌の用意がちょいめんどいけど、餌やり自体は、あっちゅう間に済むよなあ。けど、まあ、なんや、間隔がちょっと」

「へえ……って、おい」

一度はもたれたソファーから背中を浮かせ、ギロリと音がしそうな勢いで、篤臣は江南を睨みつけた。

江南は、「ばれたか」と正直に言って、降参と言わんばかりに両手を頭の横に上げる。

「ばれたか、じゃねえよ！　それ、お前には到底世話できないってことじゃないか！　オペに入ったら、六時間も七時間も行ったっきりだし、その後も病棟に詰めっきりだろ？　医局にこいつを連れていっても、ほったらかしになっちまうじゃねえかよ！」

「……正解！」

「だから、その『正解』、ちっとも嬉しくないから！　なんだよ、お前、さては最初っから、俺に世話を押しつけるつもりだったな！」

「あ、いや」

「いや、じゃねえだろ！　そういうことだろ！」

ヒナに遠慮して、怒気に満ちてはいるが押し殺した声で、篤臣は江南を咎《とが》める。江南も、ヒソヒソ声で必死に弁解した。

「違うねんて。預かるて約束したときは、俺もまさかヒナやとは思うてへんかってん。このリビングに、鳥籠一つ置いて留守番さしたらええと思うてたんや」

「うう……」

「ヒナてわかってからも、そこまで頻繁に餌やらんとあかんとは知らんかって……。聞いた後で、そんなん無理や、やめるとは言われへんやろが。婆さん、喜んどるのに」

「そうだけど！　最初から俺をあてにしてるとか、さすがにむかつくぞ！」

「すまん！　ホンマに申し訳ない。せやけど、しばらく頼めんやろか」

土下座こそしないものの、江南はきちんと腿に両手を揃えて置き、膝小僧に額がつくほど深く、篤臣に向かって頭を下げる。

江南の言葉に嘘《うそ》はないとわかっているし、たとえ事前に打診されたとしても、やはり自分に拒絶することはできなかっただろうと、篤臣は嘆息した。

「ああもう、俺はいつだってこうして、お前の無茶につきあわされるんだ」

そんな、愚痴っぽい台詞《セリフ》で伝えられた承諾に、江南は頭を上げ、相好を崩した。

「すまんけど、ありがとうな。明日の朝イチ、俺も城北《じょうほく》先生に謝って、ようお願いしに行くし。なんとか教室に連れていって、日中、世話したってくれへんか？」

「それしかねえだろ。俺が断ったら、あいつ、死ぬだけじゃん。お前が責任持って預かったんだから、俺とお前でなんとかするしかないんだからさ！」

「そうやな！」

「嬉しそうにしてんじゃねえ、馬鹿！」

腹立ち紛れに江南を罵倒《ばとう》してから、篤臣はふと不安げな顔つきになった。

「しばらくって、どのくらい、あいつを預かるんだ？」

江南は少し考えて答える。

「それは検査結果と術後の経過次第やけど、まあ、何週間か……長かったら一ヶ月くらいやろか」

篤臣もプリプリ怒るのをやめて、ヒナが入った段ボール箱を見た。そのあたりの気持ちの切り替えの早さは、篤臣の持ち前の才能であり、ある意味、江南によって鍛えられたものでもある。

「まあ、それも経過がよかったらって話だろ。預かった以上、どんだけ長引こうと責任持って育てなきゃな。あいつ、どのくらい、人の手から餌を食うんだろうな」

「まあ、一ヶ月半くらいて聞いたけどな」

「けっこう長いなあ……。けどまあ、やるしかねえか」

篤臣は、大変だ……と呟きながら、ソファーに再び背中を沈める。

そんな篤臣の肩をゆったりと抱き、江南は「ホンマすまん」と繰り返した。篤臣の顔に、ようやく微苦笑が戻ってくる。

「そういうの、もういいから。今さら謝ったって、どうにもならないだろ。それに、患者さんを思えばこそなんだし……もろもろ考えたら、仕方ねえよ。それがお前だもん」

相変わらずの諦めの言葉にも、どこか温かみが戻ってくる。

「お前には、とことん感謝しとる」

思いを込めてそれだけ言って、江南は篤臣の肩をそのまま抱き寄せた。「疲れた」という言葉と共に、篤臣は江南の広い肩に頭をもたせかける。

「年末以来、平穏そのものだったから、油断してたよ。お前と一緒にいると、本当にアクシデントに事欠かないな」

しみじみとそう言って、篤臣は溜め息交じりに笑った。江南も、笑いながら篤臣の二の腕を撫でる。

「退屈せえへんやろ」

「ばーか、調子に乗るなよな。……あ、そういえば、あのヒナ、名前あんのか？　世話するなら、飼い主がつけた名前を呼んで育てなきゃだろ」

問われて、江南はかぶりを振った。

「いや、婆さんは特に名前はまだつけてへんかったらしい。預かってくれるんやったら、好きな名前をつけてええて言うてたで」

篤臣はちょっとビックリして目をパチパチさせた。

「マジで？　でも、それって責任重大だな。いい名前、つけてやらなきゃ駄目じゃん。お前、何か考えてんの？」

すると江南は、せやなあ、とうっすらヒゲが生え始めた顎をさすり、子細らしく言った。

「せっかくやし、この際、俺とお前の名前から一文字ずつ取って……」

「馬鹿野郎、それ以上言ったらぶっ飛ばすぞ」

「……アカンか？」

しれっと嘯《うそぶ》く江南に、篤臣は肩から頭を上げ、呆れ果てた顔つきで言い返した。

「当たり前だろ！　他人様んちの鳥に、なんだってそんな大それた名前をつけなきゃいけねえんだよ。もっとこう、普遍性のある普通の名前にしろ！」

「普遍性のある、普通の名前て……ポチとか、タローとかか？」

「そういうのは、犬とか猫とか向きだろ。なんかこう、もっと小鳥らしい名前があるだろうが。ピーちゃんとかなんとか」

篤臣が大真面目《おおまじめ》に口にした名前に、それまで神妙さをそれなりに保っていた江南は、とうとう噴き出した。

「ピーちゃん！　お前のネーミングセンスも、大概やな」

「うっせえ！　たとえばだ、たとえば。じゃあ、何か考えろよ」

「ううん、せやなあ。性別はまだわからんらしいし……」

唸《うな》りながらしばらく考えた江南は、やけに自信ありげにこう提案した。

「ほな、小春《こはる》！」

篤臣は、なんとも言えない微妙な表情で、「こはる」と復唱した。江南は、自信たっぷりに頷く。

「おう。オスでも、小鳥やったら多少可愛い名前でええやろ。小春にしようや」

「一応、訊くけど、なんで？　知り合いの名前か何か？」

「いや。単純に、春やし。春に来た小鳥やから、小春や」

「……そんなことだと思ったよ」

「せやけど、ピーちゃんよりはええやろ」

「それはどうかな！」

篤臣は顰《しか》めっ面になったが、江南は上機嫌に、バスタオルをかけた育雛箱に向かって声をかけた。

「ええ名前やないか。なあ、小春?」

チッ。

万が一にも、それが自分の名前だと認識したはずはないのだが、妙にいいタイミングで、
箱の中から小さなさえずりが聞こえる。

たちまち、江南は得意満面で篤臣を見た。

「ほらみぃ、返事したやないか!」

「そう、かなあ。偶然の寝言じゃね?」

「いいや、確かに返事した。よっしゃ、あいつは今夜から小春や。決定や!」

江南はきっぱりと断言した。こうなると、もう篤臣の言うことなど聞き入れはしないモー
ドだ。

「小春、ねえ。まあ、最初の提案よりは百倍マシか。わかった」

力なく頷くと、篤臣はふと思い出したようにこう言った。

「文鳥のことがひととおり落ちついたところで、思い出したけど……お前、晩飯、食うんだ
ろ。仕上げをするから、ちょっと遅くなっちまうけど、先に風呂……」

だが、江南は再び篤臣の肩をぐいと抱き寄せ、その耳元で囁《ささや》く。

「それもええけど……なんや、さっきので胸にぐっときてしもた」

江南の声に不穏な艶《つや》を感じた篤臣は、ギョッとして江南から身を離そうとした。だがそれより一瞬早く、江南は大きな手のひらに力を込めて、篤臣をワイシャツの広い胸に引き込んでしまう。

突然のことにバランスを崩し、篤臣は自分から江南の胸に倒れ込んだ。

「お、おい。何言ってんだ。さっきのって、一連すぎて意味わかんねえ。どのあたりのことだよ？」

ドギマギしながらも、篤臣は平静を装って訊ねた。江南は、そんな篤臣を大きな枕のように抱え込み、愛おしげな口調で答える。

「さっき、ヒナ……小春を見とるときの、お前の顔にや。急に連れて帰ってきたばっかしの生き物やのに、お前、もう親の顔になっとったで」

「んなわけはないだろ？　あんまし弱っちくて小さいから、心配してただけだよ」

「それだけやない。あないに優しい顔しとるお前を、俺は初めて見た。お母《か》んみたいな顔やったで」

江南はうっとりした面持ちでそう言ったが、篤臣は普段は温和な顔を思いっきり歪める。

「……お母ん呼ばわりされても、全然嬉しくねえ。けど、あんなにちっこくて無防備な生き物を前にして、険しい顔でずっといられる奴もいないだろ。無条件に可愛いじゃねえか」

うんざりした様子で言い返す篤臣に、江南はやはり甘い声で囁いた。猫科の猛獣が、喉を鳴らすような声である。

「俺は、小春も可愛いけど、そういうお前がもっと可愛い」

「……あのなあ」

「ペットなんか要《い》らんてずっと思うてたけど、お前のあんな顔が見れるんやったら、期間限定預かりは悪うないな。……せやけど、やっぱし相手が小鳥でも、ちょっとくらいは妬《や》ける。いや、ちょっとやない！」

「はあ？」

「せやかてお前、俺をあないに優しい目ぇで見てくれたこと、あれへんやろ」

そんな、早くも本気の嫉妬《しっと》が滲んだ江南の台詞に、篤臣は小さく噴き出した。

「ばーか、そりゃ当たり前だ。お前が小鳥のヒナだったことはねえし、そもそも、俺よか小さかったこともないだろ。大学の入学式で会ったときから、お前、俺より背が高いし、胸板も厚いしさ」

「それはそうやけど、俺かてお前に、あんな優しくて温かい目ぇで見守られてみたいわ。長いつきあいやぞ？　今日来たばっかしの小鳥のほうがお前に可愛がられて美味しい目ぇ見るんは、おかしいやろが」

「馬鹿野郎、勝手なことばっか言いやがって。そもそも、小春を預かってきたのはお前だろ。

何を本末転倒なヤキモチ焼いてんだよ」

冷淡な口調とは裏腹に、江南の厚い胸に押しつけられた篤臣の頬には、はにかんだ笑みが浮かんでしまっている。

江南の、こういう子供っぽい、しかしどこまでも真っ直ぐな感情の発露は、時に篤臣に、「とてつもなく愛されている」と実感させてくれるのだ。

「そら、妬くやろ。この部屋で、お前が俺以外の奴を甘やかしたり可愛がったりすると思うと、わりと俺、さっそくジェラシーの嵐《あらし》やで」

そんな身勝手な発言をしつつ、江南は篤臣を抱いたまま、ソファーにごろんと横になる。

「うわっ！」

まるでラッコの子供のように江南の身体の上に抱え込まれた状態になり、篤臣は、半ば流されかけながらも、江南の胸に両腕を置き、その高い鼻筋をギュッとつまんだ。

「おい、マジでその気になってんのかよ。晩飯、どうすんだ？　俺、お前が帰ってくるまでにと思って、猛スピードでハンバーグ作ったんだぞ。しかもテリヤキ」

「それも、ちゃんと食う。お前を食うた後で」

江南の言葉には、微塵《みじん》の迷いもない。

言葉だけではなく、同時に外科医の繊細な指先が、誘いをかけるように篤臣の背中を滑る。

彼言うところの「長いつきあい」のおかげで、篤臣の弱いところを知り尽くした無駄のない動きだ。

「ちょ……よせよ。くすぐったいって」

本当はくすぐったい以外の感覚が、篤臣の身体には早くも生まれていた。

考えてみれば、こんなふうに互いの身体を密着させるのは、ほぼ二週間ぶりだ。お互いに忙しく、すれ違いの日々が続いていて、睦み合う機会がなかった。

おかげで、こうして互いの温《ぬく》もりを全身で感じると、たちまちどうしようもない渇きのようなものを思い出してしまう。

それでも篤臣は、恥じらいから一応の抵抗を試みた。

「あのさあ、そんなことしてから風呂に入って晩飯を食ってたら、凄い時刻になっちまうぞ？　せめて、先に飯食わないか？」

「そんな器用なやりくり、俺はようせん。今は、お前がいちばん食いたい」

「そんなことしたら、お互い、明日は超寝不足決定だろ。今日はまだ木曜だし、明日一日、フルに働かなきゃいけないんだぞ？」

「わかっとるけど、待たれへん」

「……ったく」

どこまでもストレートな江南の要求に、篤臣は結局、なすすべもなくまたもや折れることとなった。

なんだかんだ言っても、江南の我が儘を可愛いと思ってしまう自分に、篤臣は心の中で舌打ちする。

しかも、その屈服がさほど嫌ではないのが、余計に嫌になるといったところだ。

「しょうがねえな。そういうヤキモチは、今夜だけにしてくれよ。身が持たないから」

そんな言葉と共に、篤臣は江南の唇を指でなぞり、それから、自分から身を伏せるようにしてキスをした。

たちまち、江南からも深く唇を合わせられ、背骨が軋《きし》むほど強く抱き締められる。江南の身体からは、消毒薬と、手術中にかいた汗の匂《にお》いが微《かす》かにした。

「……っ、ん、う」

息苦しい中で嗅《か》ぐそんな匂いが妙に生々しく感じられ、篤臣のどちらかといえば淡泊なはずの肉欲が激しく煽《あお》られる。

太腿に押しつけられた江南の熱が、篤臣の身体にもジワジワと伝わり、身体の奥底に火を点《つ》けられたような気がした。

「はあ……っ、ぁ」

幾度も角度を変え、互いに唇を齧《かじ》り取るようなキスを続けながら、篤臣は江南の髪を両手でかき回す。江南の器用な手は、篤臣のジャージの下に潜り込み、Tシャツをたくし上げて、篤臣の薄い胸や、弱い脇腹を直接撫で上げた。

荒れた指の腹はまるでサンドペーパーのようで、そのざらつきが余計に鮮やかな刺激を与えてくる。間違いなく江南に触れられているのだと、目ではなく、肌で実感する瞬間だ。

「んっ！」

思わず身を捩《よじ》ろうとした篤臣は、ソファーから落ちそうになり、慌てて江南にしがみついた。すぐに江南のたくましい腕が、篤臣のほっそりした身体を抱え込む。

「なあ……。ここは、ちょっと。鳥、起きるし」

キスの合間に訴える篤臣の言葉に、江南は小さな声を立てて笑った。

「なんや、『子供が起きるでしょ』みたいな台詞やな。妙に燃えるな、そのシチュエーション」

「……馬鹿やろ！　もうお前、いっぺん死んでこい」

からかわれて、カッと頰が熱くなる。篤臣は、悔し紛れに、江南の首筋にがぶりと嚙みついた。

「あいたっ。ここでは無理なんは、わかっとる。せやけど、お前と離れたくないんや。なあ……このまま運んでええか？」

悲鳴を上げながらも、江南は篤臣に触れることをやめようとはしない。素肌を縦横無尽に這《は》い回る手のひらの熱さに息を詰めながらも、篤臣は無言で小さく頷いた。

女の子のように抱いて運ばれるのは同じ男としては業腹《ごうはら》だが、今、身体を離してしまうのは、いかにも惜しい気がしたのだ。

よっしゃ、という満足げな言葉と共に、江南はむっくり身を起こし、ソファーからゆっくり立ち上がる。

細身とはいえ、決して女性ほど軽くはない篤臣を、江南は楽々と抱え上げた。

向かい合った状態、しかも互いの胸をピッタリ合わせた姿勢で抱き上げられ、篤臣は両腕で江南の首筋を抱いた。それから、すらりとした両足で、江南の腰を挟みつける。

自分のものもすでに反応を始めていることを隠せない体勢だが、もはや篤臣には構う気も、必要もなかった。

江南に乞《こ》われ、それを受け入れたという体裁ではあるが、もう、篤臣も江南を十分すぎるほど欲しているのだ。それを、言葉ではなく身体で、江南に伝えたくもあった。

「いつか、この体勢で最後までやってみたいもんやな。腰、いわしそうやけど」

とろけそうに甘い声でそんな大それたことを囁く江南に、篤臣は「ホントに、お前は馬鹿だろ」と言いつつ、真っ赤になった頬を、江南の頬に押しつけた。

そして、いいから早く寝室に連れていけとどやしつける代わりに、巻きつけた足を動かし、江南の腰をどかっと蹴りつけた……。

＊　　＊

そんなわけで翌日から、篤臣は文鳥のヒナを連れて出勤することとなった。

約束どおり、江南は朝一番で法医学教室を訪れ、城北教授に事情を説明した。

「おやおや、それは大変だ。まあ、事情はわかった。業務に支障が出ないなら構わないよ。ただし、実験動物として使われてしまったら、そのときは諦めてくれたまえ」

さすがに呆れ顔で江南の話を聞いていた城北教授だが、最後にはそんな冗談で、篤臣が文鳥を連れてくることを容認してくれた。

あるいはその温情は、あからさまに腫《は》れぼったく充血した目をした二人の顔を見て、夜通し文鳥の扱いで揉《も》めていたのだろうと推測し、篤臣に同情したからかもしれない。

実際は、文鳥はリビングの段ボール箱の中で早朝まですやすやと眠っており、江南と篤臣はといえば、結局はせっかくの夕食を食べる余裕もなく、互いを貪《むさぼ》り合っていた結果としての寝不足なのだが。

「でも、よかったわね。永福君がいなかったら、江南君、今頃大惨事じゃない。あ、半分だけ目を開けたけど、もう船漕いでる。かーわいい。ホントにちっちゃい。小春って名前、意外とピッタリなんじゃない？　男の子でもまあ、文鳥なら許容範囲かな」

セミナー室の篤臣の机の片隅に置かれた、例の藁編みの容器……フゴの蓋を持ち上げ、美卯は小さな声で嬉しそうに言った。

容器の底には柔らかなティッシュペーパーが重ねて敷かれ、その上で、ヒナ……小春が、ふごふごと微かな寝息を立てている。

ノートパソコンを立ち上げながら、篤臣は苦笑いで美卯を窘《たしな》める。

「昼休みに飯を食わせて寝かせたばっかりなんですから、起こさないでくださいよ。こいつ、目が覚めたら飯だと思ってる感じだから」

「わかってるわよ。でも懐かしいわ。私も子供の頃、いっぺんだけジュウシマツをヒナから育てたことがあるの。十年近く飼ってたかな。よく慣れて、可愛かったわよ」

美卯は、そうっと蓋を元に戻し、そんなことを言った。篤臣は、意外そうに目を見張る。

「へえ。じゃあ、小春、孵化してどのくらいかわかります？　江南は、一ヶ月は経ってないって聞いてきたみたいなんですけど」

美卯は、うーん、と唸りながら首を傾げた。

「どうだろう。大昔のことだから自信はないけど、ペットショップで買ってきたときのうちの子に感じが似てるかも。確か二週間ちょいとか、お店の人が言ってたような」

「やっぱ、そんなもんなんですかね。さっき、ネットで文鳥のヒナの飼い方を調べてみたんですけど、まだそんなに盛んに動かないし、食ったら即寝るし、そのくらいかなって」

「たぶん。でもすぐに、動きが激しくなって、扱いに苦労するわよ」

「うわあ……嬉しくねえなあ、その予言」

篤臣は顔をしかめ、しかし江南が言っていた「優しい顔」でフゴを見やる。

「まあ、ことによっては美卯さんのヘルプもお願いしなきゃいけないかもなんで、そのときは……」

篤臣がそう言うと、美卯はあっけらかんと笑って承知した。

「いいわよ。餌やりは、昔取った杵柄《きねづか》ってやつだし。いろんな人に遊んでもらったほうが、上手く手乗りになるかもだし」

「ああ、そっか。手乗りって問題もありましたよね。こんなヒナの頃から俺たちが預かっちゃって、元の飼い主に戻したとき、ちゃんと懐き直してくれますかね？」

「うーん、わかんないけど、そこは大丈夫なんじゃない？　鳥頭って言うし」

「だったらいいんですけど」

不安げに呟きながら、篤臣はメールチェックを終わらせ、美卯の顔を見上げた。

「ところで美卯さん、手袋嵌めたままですけど、何か用事があって来たんじゃないんですか？　文鳥を見に来ただけ？」

「あ、そうだった」

ラテックスの手袋を嵌めた美卯は、扉のほうを軽く指さした。

「解剖が入ってないときに、組織の切り出しをやっちゃおうかと思ってるの。鑑定書を書くために、組織標本を作らなきゃいけない症例がいくつかあって。サンプルを持って上がるの、手伝ってくれないかしら」

「ああ、いいですよ。切り出しも手伝います」

篤臣はすぐにノートパソコンを閉じて立ち上がった。椅子《いす》の背にかけたままだった白衣を羽織る。

「ありがと。結構数が多いから、一人じゃ何往復もしなきゃいけなくて、ちょっとね」

美卯は助かったというようにニッコリした。

司法解剖の際、人体組織のごく一部を、必ずホルマリンを満たした容器に採取しておく。遺体は荼毘《だび》に付されてしまうので、何か追加の調査が必要になったとき、解剖時に採取しておいたサンプルが役に立つのである。

切り出しというのは、十分にホルマリン固定された組織を取り出し、標本《プレパラート》を作成するための小さな切片を作成する作業のことだ。

そこで美卯と篤臣は、連れ立って隣の解剖棟へと足を向けた。

今日は珍しく朝から解剖が一件も入らず、昼休みが過ぎても、警電が鳴る気配はない。篤臣や美卯にとっては、切り出しや実験、研究や文献読みといった地味な作業にいそしめる、貴重な一日である。

ホルマリン漬けの組織は、解剖準備室のスチール棚に、古いものから順にぎっしりと並べてある。

二人はリストと容器に書かれた症例番号を照合しながら、必要な容器を次々と取り出していった。

容器自体は片手で楽々と持てる程度の大きさだが、ホルマリン液がたっぷり入っているので、一つ一つはけっこう重い。

それらを、外から見えないように段ボール箱に入れ、実験室まで数回に分けて持って上がるのである。

二回目の往復のとき、両腕で箱を抱えて、篤臣は小さく舌打ちした。

さっきから、エレベーターが最上階に停《と》まったまま、びくとも動かないのだ。

「何か、作業してんのかな。昼間はやめてほしいな、こういうの」

美卯も渋い顔で同意する。

「たぶん、業者さんが何かしてるんでしょうけど……どうする？　反対側のエレベーターを使う？　それとも階段にする？」

篤臣は数秒考えてから答えた。

「あっちの端っこまで行くのはかえって面倒だし、俺は階段で行きますよ。これでもう、サンプルは終わりでしょ？」

美卯も、篤臣より一回り小さな箱を抱えて頷いた。

「ええ、これで全部よ」

「じゃ、余計に階段でいいや。美卯さんは？」

「それじゃ、私も階段にしようかな。ダイエット、ダイエット」

そんな魔法の呪文《じゅもん》を唱えながら、美卯は先に立って階段を上り始めた。

教室は五階なので、階段で行き来しようとすると、それなりの運動になる。大事なサンプルを抱えての移動なので、二人とも足どりは慎重なはずだった。

しかし、好事魔多し、という言葉がある。

うららかな春の午後、しかも文鳥の件で、多少は気持ちが浮ついていたところも、篤臣にはあったのかもしれない。

いや、そうでなくても、学内で履いているサンダルの底面と、リノリウムの床の相性が、あまりよくなかっただけかもしれない。

あるいは……その前夜の、江南との平日の夜にしてはいささか充実しすぎていた行為のせいで、体調に微妙な影響が出ていたのかもしれない。

とにかく、後で考えても何故かはさっぱりわからないのだが、ちょうど四階の踊り場を過ぎて目的の五階に到達しようというところで、篤臣の身体は唐突にバランスを崩し、ぐらりと後ろに傾いた。

「うぉ⁉」

そんな彼の奇声を耳にして、五階の非常扉のノブに手をかけようとしていた美卯が、足を止めて振り返る。

「どしたの？　わあっ！」

次の瞬間、美卯の口が大きく開いた。

彼女の見開いた両目には、ホルマリン容器が詰まったダンボール箱をしっかり抱えたまま後ろへ倒れていく篤臣の驚愕の表情が、まさにスローモーションで映っていたのである。

「永福君っ⁉」

「うわあああああッ！」

美卯は慌てて箱を床に置き、階段を駆け下りようとした。

だが、それが間に合うはずもない。

篤臣のほうも、狼狽えながらもどうにかバランスを取り戻そうと、半ば反射的に片足を下の段に着けて踏ん張ろうとした。

だが、無情にも、踵《かかと》のないサンダルから、靴下を履いた足がズルリとすっぽ抜ける。そうなってしまえば、もう踏ん張る術《すべ》はない。

「ああああああ……！」

これで手ぶらなら、まだ身体を捻《ひね》り、どうにか両手をどこかについて対処することができただろう。かなり不格好なことにはなるが、笑われる程度で済んだはずだ。

しかし、篤臣は今、法医学者にとっては命ともいうべきサンプルを詰め込んだ箱を抱えて

いる。

本能的に、自分はどうなっても、とにかくサンプルを守らなくては……と考えたのだろう。彼の両腕は、ひときわ強く、箱を抱え込んだ。

自然と無防備になった身体は後ろ向きに倒れるしかなく、予想したタイミングどおりに、篤臣は背中の上部を階段の角で強打し、苦悶《くもん》の声を上げた。

美卯が自分を呼ぶ声が聞こえるが、反応する余裕などない。

ただ、サンプルを床にぶちまけないよう、箱を抱え込み、ひたすら上半身を丸めて、身体がどこかにぶつかって止まるまで耐える。それが、篤臣の脳内を占めるただ一つのシンプルな行動指針だった。

酷くゆっくり……だがそれは彼の体感だけであって、本当は凄まじい勢いで階段を滑り落ちたのだろう。

幾度も、背面の違う場所を強く階段の角に打ちつけ、そのたびに舌を噛みそうになって歯を食いしばりながら、篤臣はひたすら耐えた。

そして……特大サイズの衝撃が右肩あたりに炸裂し、ようやく彼の身体は踊り場の壁にぶち当たって止まった。

「永福君っ！　ちょっと、大丈夫⁉」

すぐに美卯が駆け寄り、床に片膝をついて、篤臣を抱き起こそうとする。だが篤臣は、自分の身体より、まずはサンプルを心配した。

「ほ、ホルマリン容器、落っこちてませんか？　ホルマリン、こぼれたりは……」

「大丈夫よ、あんたが抱え込んで落っこちてくれたおかげで、一つも外に放り出されてない。汁漏れもなさそう。待って、今、箱をどけるから」

美卯はそう言って、篤臣の身体の上にどっしり載った状態の箱をとにかく取り除こうとした。しかし、彼女が箱を少し持ち上げた瞬間、篤臣が階段を落ちていたときより大きな悲鳴を上げた。

「痛ッ！」

「えっ？　どこ？」

とにもかくにも箱を取り上げて脇に置き、美卯はまず、床に転がったまま動けずにいる篤臣の、埃《ほこり》だらけになった頭に触れた。

「頭、打った？　痛い？」

だが篤臣は、苦しげな表情で、小さくかぶりを振った。その額には、早くも脂汗《あぶらあせ》が滲んでいる。

「頭は、平気です。かろうじて、頭は上げてたんで。ぶつけたのは背中……と、肩」

「肩？　右？　左？」

「右……」

「ここ？」

「いだだだ！」

美卯が右肩にそっと触れただけで、篤臣は派手な声を上げる。

いつもは物静かで我慢強い篤臣なので、ここまで正面切って痛がるということは、相当痛むということだ。

「さ、最後に、壁にガスッと当たった瞬間に、すっげえ痛くて……そっから右腕、動かせなくなった……かも」

「ええっ？　ちょ、ちょっと、ゆっくりでいいから起き上がれる？　支えるから」

いくら細身だといっても、それなりに長身の篤臣である。美卯は、自分の腕を篤臣の背中に深く差し入れ、全身の力を使って、少しずつ慎重に抱き起こした。

自分の体重を支えかねて、美卯の腕がプルプル震えているのを感じながら、篤臣は時折痛みに呻きながらも、どうにか上半身を起こした。

「左肩は大丈夫なのよね？　ちょっと、壁にもたれてみようか」

そう言って、美卯が背中を壁にもたせかけてくれる。

「大丈夫、です。背中はぶつけただけみたいなんで……だけど、右腕が」

「うん、白衣の上からでも、なんとなくやっちゃった感ある」

そんなあっさりした感想を口にして、美卯は慎重に、篤臣の白衣に触れた。

「白衣、脱げるかな。手伝うから、そろっとね」

「はい。……あいたっ、つっ……」

「右腕は、動かそうとしなくていいから。左腕さえ抜いてくれれば……そう、そんな感じ。もうちょっと我慢して。……オッケー」

幸い、白衣の前ボタンを留めていなかったので、美卯はそろそろと時間をかけ、白衣の袖《そで》を篤臣の腕から抜き、腰まで滑り落とした。そして、コットンシャツの上から左肩、そして右肩から右の肘《ひじ》あたりにそろりと触れ、「あー」と、間の抜けた声を出した。

「腕の骨折はないみたいね。それにしても、整形外科の講義で教わったとおりだわ」

「……って、いうと？」

息も絶え絶えに訊ねる篤臣に、美卯はあっけらかんとした口調で告げる。

「肩関節の平坦化、って習ったでしょう。これ、見事に肩が脱臼《だっきゅう》してるわね。背中から壁にぶち当たってたから、たぶん前方脱臼。よくあるやつだわ」

「よくあるとか……！　言われても……！」

痛みと情けなさで、篤臣は悲痛な声を上げる。

「それって、スポーツでよくなる……その場でガチャッと戻してたりする、アレですか？」

美卯は、床に座り込んだままで頷く。

「たぶんね。だけど、私に戻せって言われても無理よ？」

「死んでも言いませんよ、そんな怖いこと」

本当に死にそうな顔で応じる篤臣に、美卯はニコッと笑ってこう言った。

「はあ、よかった。頭を打ってたらどうしようかと思ったけど、肩の脱臼なら死にはしないわ。でも、他にもあちこちぶつけてたわよね。とりあえず、じっとしてて。誰か、助けを呼んでくる。整形に、診療依頼もしなきゃだし」

美卯はそう言って立ち上がったが、篤臣はそんな美卯を白衣の裾を、動かせる左手で咄嗟に摑んだ。

「ちょ、ひとりにしないでくださいよ。サンプルだって、こんな場所に置きっ放しで、誰かに持っていかれでもしたら……」

「いくらなんでも、今このときに、偶然ネクロマニアが通りかかったりはしないでしょ。それより、永福君の怪我《けが》の手当が先よ。せっかく医科大学なんだから、プロに診《み》てもらわなきゃ」

「うう……だけど」

あちこち痛んで心細い上に、どうにも不様なこの状態で、ひとり置き去りにされるのはどうにも心細くてたまらない篤臣である。

「そんなこと言ったって、永福君が動けるようになるまでここで待つより、整形に連絡を入れたほうが早いでしょ。すぐ戻ってくるから！」

「ううう……」

なおも食い下がろうとする篤臣を振り切り、美卯がセミナー室へ戻ろうとしたそのとき、重い非常扉が細く開いた。

そして、逆光ではあったが、シルエットだけでも二人にはお馴染みの人物が顔を覗かせる。

「何を階段で大騒ぎしてい……おや？」

冷ややかな声で騒動を咎めようとして、二人の異状に気づき、怪訝《けげん》そうに首を捻ったのは、消化器内科の楢崎千里だった。

以前、篤臣が虫垂炎《ちゆうすいえん》で絶体絶命の苦境に陥ったときも、偶然、訪ねてきてくれた男である。

「な……楢崎いぃ。助けてくれ」

救世主到来とばかりに声を上げた篤臣に、パリッとしたダブルの白衣を着こなした内科医は、心からウンザリした顔つきで、眼鏡《めがね》を押し上げた。

「またか！」

そして、ともかく現状を把握するべく、彼はいかにも颯爽《さつそう》とした身のこなしで、同級生のもとへと向かったのであった。

三章　災い転じて福と成す……？

『あいたたたた！　ちょ！　痛い、痛いですよ！』

『痛いだろうねえ、だけどほら、このまま何もしないわけにもいかないから、診察はしないと。ほら、痛いってのは、神経麻痺が来てないってことだから、いいことなんだよ』

『うう、とはいえ、痛い』

『そこは我慢してもらわないと。先生だって、整復してほしいでしょ。このまま、腕だらーんじゃ困るでしょうが』

『それはそうでしすけど！　うわッ、そんなふうに曲げたら痛い！』

『んー、そう？　じゃあこっちはどうかな』

『あだだっ、痛いに決まってるじゃないですか！　せ、せっかく病院なんだし、もっと痛くないようにするとか……ッ、あいたッ』

『もう、医者って奴は、自分のことだと急に大袈裟《おおげさ》になるから困るなあ。そこまでじゃないって。ほら、肩のレントゲン、自分でちゃんと見て。法医の先生でも、関節の状態くらいは読影できるでしょう。幸い、わりと綺麗な脱臼だから、外来でさくっとやっちゃおう』

『うわああ、さくっとってなんですか、さくっとって！　麻酔とか、使わないんですか⁉』

『どうしても上手くいかなかったら使うけどさあ、先生のは徒手整復ですんなり戻りそうだから。麻酔なんか使うと、かえってややこしいよ』

『そんな……！』

整形外科の外来、時間外で本来は静まり返っているはずの診察室に灯《あか》りが点《つ》き、整形外科の医師と篤臣の賑やかなやり取りが、扉を閉めていてもハッキリ聞こえてくる。

楢崎からの電話連絡を受け、時間外にもかかわらず診察のためにやってきてくれたのは、整形外科講師の越津《こしづ》医師だった。楢崎たちより数年先輩で、他科との交流に積極的な、院内では顔の広い人物である。

診察室の外に置かれたベンチに並んで腰掛け、美卯と楢崎は、同時に深い溜め息をついた。

「やれやれ。大騒ぎだな。しかし、越津先生が捕まってよかった。あの先生なら、安心して任せられます」

「そうなんだ。臨床の先生のことはよくわかんないから、楢崎君がいてくれてよかった。ごめんね、ここまでつきあわせちゃって」

美卯は、診察室に聞こえないよう、小声で詫びる。

楢崎は肩をそびやかし、白衣の胸ポケットに差していたボールペンを抜き取った。それを手の中で弄《もてあそ》びながら、淡々と言葉を返す。

「乗りかかった船ですし、永福は同級生ですし、ここまであいつを支えて連れてくるのは、女性の中森先生には難しかったでしょう。それになんの因果か、ひっくり返って苦しんでいる永福をレスキューしたのは、これが二度目なもので。もう慣れましたよ」

「今回はともかく、前のときは虫垂炎だったものね。楢崎君が部屋を訪ねてくれなかったら、どうなってたことか」

「最悪、虫垂破裂からの腹膜炎で、命にかかわる事態に陥っていたかもしれませんね。まあ、二度あることは三度ある、にならないことを祈りますよ、今回も、論文執筆のために借りていた専門書を、城北教授にお返ししに上がった帰りでしたから。偶然もいいところです」

気障《きざ》に言ってメタルフレームの眼鏡の指先で押し上げ、楢崎はコホンと軽い咳払《せきばら》いをして美卯を見た。

「ところで、今さら取ってつけたような質問で失礼ですが、その後、お母様の体調はいかがですか?」

「あ……うん、定期的に近所の病院でフォローアップをしてもらってるんだけど、とても元気よ。食事も、手術前よりスムーズに摂れてるみたい。こっちも今さらだけど、その節は、どうもありがとうございました。色々と」

美卯はいつになく神妙な態度でそう言い、座ったままではあるが、深めに頭を下げた。

彼女の母親ミドリがK医大に入院中、最終的には消化器外科で手術を受けることになったが、入院時からの主治医は楢崎が務めた。

その上、ミドリを安心させるため、楢崎は短期間とはいえ、美卯の「偽装彼氏」まで演じてくれたので、美卯にとっては後輩とはいえ、頭の上がらない相手になってしまったのである。

だが楢崎は、鷹揚に笑ってかぶりを振った。

「その話は、もう。ですが、お母様の経過が順調でよかったですよ。もっとお宅が近ければ、僕が直接フォローしたんですがね。……まあ、これぱかりは、ここで再会しないほうがいい案件ですから、二度とお目にかからないことを願いつつ、どうぞお健《すこ》やかにとお伝えください」

「承知いたしました。必ず母に申し伝えます」

わざと互いに丁重なやり取りをして、二人は小さく笑い合った。

残念ながら恋愛には発展しなかったものの、二人の間にはある意味、「陰謀」を共に実行したという、不思議な仲間意識が芽生えているらしい。

「それにしても、永福君も運が悪いわ。肩関節の脱臼なんて。あんなに重いサンプルを抱えていなければ、無事で済んだでしょうに」

「仕方がありませんよ。まだ、骨折がないだけマシです。それに、学内での負傷でよかった。すぐに処置してもらえますしね」

「それはホントに。……あ、江南君に連絡は？」

「しましたよ。永福をここに放り込んですぐに」

楢崎はそう言って、無人の受付カウンターを指さし、もう一方の手で、受話器を耳に当てる仕草をした。どうやら、内線電話で消化器外科に連絡を取ったらしい。

「そのわりに、飛んでこないわね」

「いや、連絡はしたんですが、オペ中だそうで。伝言を頼んでおきましたから、オペが終わったら、時間差ですっ飛んでくるでしょう」

「ああ、なるほど。また、いちばんつらいときに旦那がいないパターンかあ。ホント、永福君、可哀想《かわいそう》。報われないわねえ」

「それもまた、運命なんでしょう」

サラリと言ってのける楢崎の酷薄そうな顔を見て、美卯はクスっと笑った。

「その代わりに、ピンチのときにはいつも、楢崎君が居あわせてくれる運命ね」

「……そんな迷惑な運命はご免被りたいんですがね」

楢崎は、心の底から迷惑そうな顔になったが、そのとき、扉の向こうから、またしても篤臣の悲鳴が聞こえてきた。

『ちょ、マジで、腕上げるとか無理！　無理なんで！』

そんな切羽詰まった篤臣の声とは対照的に、越津はやけに楽しそうだ。

『上げないと整復できないよ、先生。大丈夫、これはゼロポジション挙上法《きょじょうほう》っていってね、患者さんがリラックスしてくれていれば、比較的痛みが少なくやれる方法だから』

「……ですって。なんだか、主治医の先生、ウキウキしてる。外科医がドSっていうのは本当みたいね」

美卯が耳打ちすると、楢崎は肯定も否定もせず、実にスマートに微笑してみせる。美卯は、片眉を数ミリ上げた。

「何よ？」

「同じ外科でも、江南は『ドS』ではなさそうですがね」

「あ、それもそうか。そして内科医だけど、楢崎君はドSそう」

「それはどうでしょう。先生のお母様に対しては、最大限、紳士的に接したつもりですがね。それとも、中森先生がご自分で試してみますか？」

美卯は、あからさまに嫌そうな顔で、楢崎から十センチほど離れる。

「嫌よ。私はしごく健康だし」

「そうでしょうかね。先ほど、膝の上に置いた手の爪床《そうしょう》が白かった」

「うっ」

「爪自体も一、二本、軽く波打っていますね。血液検査をするまでもなく、それなりに進んだ貧血が疑われます。原因は……」

「食生活が適当すぎるから。学生時代からよ。わかってます」

美卯はしかめっ面のまま白衣のポケットに両手を突っ込み、楢崎から爪を隠す。

楢崎は薄く笑って、礼儀正しくこう申し出た。

「消化器内科でも、鉄剤の注射くらいなら打って差し上げますよ？　わりに量が多いので、これくらいの大きなシリンジを使いますが」

「ほら！　注射って言っただけで、すでに目が嬉しそう。やっぱり訂正。臨床の医者はドSが多いんだわ」

「おやおや。貧血を見抜いた炯眼《けいがん》ではなく、ドSの評価ですか」

「両方にしとくわ。……うわ、なんか、永福君が呻いてる。脱臼の処置って、そんなに痛いのかしら」

さすがに心配そうになった美卯に、楢崎は呑気らしくこう言った。

「ケースバイケースらしいですよ。まあ、あいつみたいにガチガチに力んでいては、痛くないものも痛くなりそうですが」

そんな言葉のとおり、診察室では、越津が、篤臣の緊張をほぐすのに苦労していた。

「とにかく、そう力まないで、永福先生。力を抜いてくれてたほうが、上手に整復できるからさあ」

笑顔で言われて、こちらは硬い処置ベッドに上半身裸で横たわった篤臣は、半泣きの声で言い返す。

「そんなこと言われたって、無理ですよ。肩が外れたときの痛みがあんまり凄かったから、それが記憶に残っちゃってて」

「わかるけど、それじゃ余計に痛いよ。なんなら、脇腹をくすぐってあげようか？　そっちに気を取られて、腕から力が抜けるかな」

「やめてください！　もんどり打ちそうです」

「じゃあ、リラーックス。僕はこう見えても、意外と整復が上手なんだから。患者さんからも、評判いいんだよ」

「あの、そこはちゃんと信じてるんです。リラックスしようとも思ってるんです。だけど」

青い顔で篤臣が訴えたとき、凄まじい足音が急激に近づいてきて、診察室の扉がノックもなしにバーンと開いた。

弾丸のように飛び込んできたのは、言うまでもなく江南である。

青いオペ着に裸足《はだし》でスリッパという姿で、片耳からマスクをぶら下げたまま、肩で息をしている。どうやら、手術室からここまで、文字どおり爆走してきたらしい。

「篤臣っ、大丈夫か!?」

ベッドに駆け寄った江南を見て、越津は呆れ顔で笑った。

「や、久しぶり、江南先生。元気そうで何よりだけど、いくらなんでもそのテンションは大袈裟すぎるでしょ。ただの脱臼だよ。指の骨一本折れちゃいない」

そこでようやく越津の存在に気づいたらしい。江南はハッとしてそちらを見ると、「あ」と間抜けな声を出して、腰を折るように深く一礼した。

「ど、どうも！　このたびは、うちの嫁がえらいお世話になりまして！」

「……うちの嫁って、そんなでかい声で言うな、馬鹿」

横たわったままの篤臣の口から、脱力しきった声が漏れた。

それまで肩の痛みに吐き気すら覚え、完全に追い詰められた気分だった篤臣だが、江南が来てくれたこと……というより、彼が自分より遥《はる》かに取り乱しているのを見て、反射的に落ち着きを取り戻してしまったらしい。

それを見て、越津は可笑《おか》しそうに笑った。

江南の「うちの嫁」発言に驚いた様子がないところを見ると、二人の関係はもはや、他科にもそれなりに知れ渡っているらしい。

そのことに対する羞恥《しゅうち》が、篤臣の頑固な恐怖心を、少しだけ和らげてくれる。

「あ、いい感じに力が抜けたな。よしよし。じゃあ、ここは一つ、駆けつけてきた旦那さんに手伝ってもらおうかな」

人当たりのいい笑顔でそう言った越津は、篤臣の右腕の付け根を脇のほうから両手で押さえる仕草をしてみせた。

「江南先生、こんな感じで保持してみて」

「は、はいっ」

さっきまでの篤臣よりも緊張した面持ちで、江南はオペ着の袖で額の汗を拭った。それからベッドに近づき、越津が見本を見せてくれたように、篤臣の腕にそっと両手をあてがった。

「つッ」

それだけの刺激で、篤臣は顔を歪める。

「痛いんか?」

打てば響くように血相を変える江南に、篤臣はグンニャリと嘆息した。

「や、もう痛いのはデフォルトだから、心配すんな。お前は黙って、越津先生に言われたとおりにしてくれ」

「お、おう。わかった」

江南はこくこくと頷き、いざというとき踏ん張れるよう、両足を開く。

さっきまで子供のように怖がっていた篤臣が、江南が来た途端に「強く」なってしまったことにどうしようもなく笑ってしまいながら、越津は朗らかに指示を下した。

「オッケー、江南先生、少しだけ指先に力を入れて。上腕骨頭をギリギリ触れるくらい」

「ああ、はい。大丈夫です。触れてます」

「よし、じゃあ、先生はそのままホールドしておいて。保持はしっかり、しかし軽やかに。患者と一緒になって力まなくていいからね。永福先生、今の感じでリラックスしておいて。これから、僕がゆっくり右腕を引き上げる。途中、どうしても少しは痛むけど、それは我慢できるよね」

「大丈夫です」

やや強張った顔ながらも、篤臣はしっかりした声で答える。

「じゃあ始めよう。本当にゆっくりいくからね。我慢できなかったら言ってよ」

頼もしい笑顔でそう言うと、越津はまるでマジシャンが演技を始めるときのように、白髪交じりの豊かな髪を、両手で撫でつける謎《なぞ》のアクションをした。

それからおもむろに、片手で篤臣の右手首、もう一方の手で肘のあたりをしっかり摑み、ジワジワと整復を開始した。

「………ッ」

たちまち、篤臣の顔が再び歪む。

確かに越津が言うとおり、腕の挙上《きょじょう》はゆっくりだが、予想していたより強く腕を引っ張られているので、耐えられないほどではないが、痛いものは痛い。

「リラックスだよ～。永福先生も、江南先生も。江南先生は、それ以上、手に力を入れなくていいからね。ただ、骨頭《こっとう》を感じててくれるだけでいいから」

三人の中で、越津だけが超リラックスモードである。

リラックス、リラックスと呪文のように唱えながら、篤臣は痛みで強張る身体から、どうにか力を抜こうとした。

痛みのせいでギュッと閉じていた目を開くと、右肩を押さえている江南の両手が見える。

大きくて、力強くて、温かくて……そして、やはりざらついた指の感触に、篤臣の胸がとくんと鳴った。

傷ついた場所を江南が押さえてくれていると思うだけで、苦痛が薄らぐ気がする。

「大丈夫やで」

視線を滑らせると、言葉とは裏腹に、今にも死にそうな青い顔をしている江南と目が合い、篤臣は、不覚にも噴き出しそうになった。

(そういや、前もそうだったな)

虫垂炎で倒れ、楢崎の車でK医大に運んでもらったとき、搬入口で篤臣を出迎えた江南の顔も、今と同じくらい引きつり、血の気が引いていた。

(ホントに……頼りなく見えちまうくらい、心配してくれるんだよな。で、こんなに頼りないのに、こんなに頼もしいんだ)

励まされているのは自分のはずなのだが、つい、江南を安心させたい一心で、篤臣は無理矢理ぎこちない笑みを浮かべてみせる。

「大丈夫だよ」

そう言うと、江南はバネが壊れた玩具《がんぐ》のように、何度も頷いた。

「さーて、そろそろかな。ぐーっとね」

ほぼ真上に腕を上げ、さらに少しずつ腕を頭のほうへ動かしながら、越津は「うん」と満足げに頷いた。

篤臣と江南も、ほぼ同時に「あ」と小さな声を上げる。

「はまったねえ」

越津の声に、篤臣はホッとした顔で頷いた。

「はい……あ、でもまだ痛い」

「そりゃそうだ。いっぺんガタッと外れたものは、戻したって当分痛いよ。さて、いっぺんてっぺんまで上げて……よし、正しいポジションだ。腕を下ろそう。江南先生、もういいよ」

「は、はい」

江南は、いかにも名残惜しそうに、篤臣から手を離し、一歩下がる。

越津は、さっきまで江南が触れていたあたりを指先で押し、関節の具合を確かめながら、ゆっくりと篤臣の腕をベッドの上に下ろした。

それから、手のひらから腕の付け根まで慎重に触れ、感覚が正常に保たれていることを確認する。

「うん、いい具合に整復できた。あとは、三週間ほど腕を固定して過ごしてもらわなきゃいけないよ。最初の一週間は、とにかく安静。まあ、痛くて動かせないだろうけど、極力動かさないように。一週間経ったら、少しずつリハビリを始めよう」

装具の支度をしながらそんなことを言う越津の背中を、篤臣はビックリした顔で見た。

「そんなに長くかかるんですか、脱臼って」

「そりゃ、立派な関節の損傷だからね。障害が残らないように、再発しないように、上手に治さないと。それには最初の一週間が本当に大事なんだよ。ああ、江南先生、ゆっくり起こして、服を着せてあげて」

「ああ、はい」

とにかく無事に肩関節が整復されたことにホッとして、魂が半分抜けたような顔をしていた江南は、篤臣の背中に手を添え、起き上がらせた。

子供のように、そろそろとシャツを着せつけられ、前のボタンを一つずつ留めてもらって、篤臣は照れくさい思いでされるがままになっている。

「……ありがとな」

越津の手前、個人的な会話をすることは憚られて、篤臣は一言だけ、江南に小声で感謝の気持ちを伝える。

「アホ、当たり前やろ」

袖口のボタンを留めながら、江南も篤臣の顔を覗き込み、ようやくいつもの彼らしい不敵な笑みを浮かべたのだった。


結局、右腕を装具で固定された篤臣が、越津に懇《ねんご》ろに礼を言い、江南に付き添われて診察室から出てきたのは、それから三十分ほど後のことだった。

「わあ、派手」

それが、立ち上がって篤臣を迎えた美卯の第一声だった。

無理もない。篤臣の上半身には、衣服の上から、しっかりと既成の分厚い装具が取りつけられていたのである。

肩から胴体にかけて、ベストの身頃を斜めに切り取ったような灰色の布地を巻きつけ、みぞおちあたりに取りつけられた板の先に、手首から手のひらを当て、バンドで固定するような構造になっている。ギプスではないものの、かなり大がかりな装具だ。

楢崎も立ち上がり、興味深そうに篤臣の装具をしげしげと観察した。

「ほう、てっきり内旋位固定かと思ったら、外旋位なのか」

楢崎が言っているのは、固定された腕の角度である。

肘から先を内側に倒すポジションを内旋位というが、今、篤臣の腕は、肘から先を軽く外に開くような状態で、ウエストの高さで固定されている。

「確かにそうやな。学生の頃は、初回脱臼は内旋位固定て習った気がするけどな」

江南も、初めて気づいた様子で、

「そうそう。今のトレンドは外旋位なんだよ、楢崎先生。そのほうが靱帯《じんたい》の緊張が保てて、関節唇を正しいポジションで固定しやすい。反復性脱臼を起こす確率も、有意に下がるんでね。僕は初回脱臼から、積極的に外旋位固定をやってる。……じゃ、永福先生、お大事にね」

診察室の片づけを終えて出てきた越津が、実にスムーズな解説をしながら、一続きに挨拶まで済ませ、去っていく。

「ありがとうございました」

装具のせいでぎこちないお辞儀で越津を見送り、篤臣は楢崎を見た。

「なんか、またゴメンな」

「俺からも、すまん。またしても、ありがとうな」

篤臣に寄りそって、江南も楢崎に感謝の言葉を素直に向ける。

楢崎は、気障に笑って片手を軽く上げた。

「ま、お役に立てて何よりだ。大事にしてくれ。……ああ、あと、永福。明日の件は、心配するな」

「明日の件？」

キョトンとする篤臣に、美卯は照れくさそうに口を挟んだ。

「ほら、それどころじゃないのはわかってるけど、永福君、律儀《りちぎ》に気にしそうだから、一応言っとこうと思って。あの、マンション見学の件。永福君の代わりに、楢崎君がつきあってくれるって」

「ああ、それ。ってか、マジで、楢崎？」

驚く篤臣に、楢崎はすました顔でこう言った。

「俺も、マンションを買ったクチだからな。自分の経験からアドバイスはできる。それに、こんなときでもなければ、単身女性向けマンションを見学するチャンスはあるまい。知見を広げる、いい機会だと思ってな」

なんとも言えない表情になった篤臣に代わり、江南が冷やかし口調でツッコミを入れる。

「なんや、合コン対策か。女の子に、物件アドバイスをできるようになろうっちゅう魂胆やな？」

「そのとおりだ。話題と頼り甲斐《がい》は、ないよりあるほうがいいからな。互いに利害が一致したということで、中森先生にお供することにした。『偽装彼氏』の残業といったところだな。

さて、では、俺は医局に戻る。お大事に」

しれっと言い放ち、楢崎は軽く手を振って立ち去った。

その後ろ姿を見送り、江南は半ば呆れた様子で口を開く。

「ホンマに、女の子方面に向けては、とことんまめなやっちゃな」

「あの、目的のためなら努力を惜しまないあたりが、楢崎君のいいところなのかもよ」

まんざらでもない顔つきでそう言った美卯は、篤臣に笑顔を向けた。

「そんなわけだから、心配しないで。さて、いったん教室に戻りましょうか。片づけを済ませたら、今日はこのまま帰ったほうがいいわ。ちょうど週の終わりだから、土日は家でゆっくり養生しなさいよ」

そんな上司の思いやりに、篤臣はガックリと項垂《うなだ》れる。

「うう……すみません、組織の切り出し、手伝うって約束したのに」

「仕方ないじゃない。そんなの、気にしないで」

「でも、すみません。これからも当分、迷惑かけそうだし」

もう一度美卯に謝ってから、篤臣は傍らの江南を見た。

「江南も、俺の不注意のせいで、仕事中に心配かけちまって、ホントごめんな。オペが終わったその足で、飛んできてくれたんだろ。もう大丈夫だから、仕事に戻ってくれよ」

「帰り、タクシーに乗せるまでは私がつき添うから大丈夫よ」

美卯も言葉を添えた。だが江南は、ごく当然といった口調で言った。

「いや、俺も帰ります」

思いがけない江南の発言に、美卯も篤臣もビックリした顔をする。

「お前、患者さんどうするんだよ。ほっとけないだろ？　俺は大丈夫だから、病棟に戻ってくれよ。家に帰って、安静にしとくし」

篤臣は、江南を安心させようと、わざと明るい声を出す。

それでも江南は、篤臣に皆まで言わせず、やけにきっぱりと宣言した。

「いや、一緒に帰る。ちょー、いっぺん医局に戻ってあれこれ片づけてから迎えに行くから、教室でおとなしゅう待っとれ。……美卯さん、それまで頼んます」

「あ、う、うん、わかったわ」

気圧《けお》されたように、美卯は頷く。一方の篤臣は、途方に暮れた様子で、江南の怒ったような顔を見た。

「でも、江南……」

「ええから。怪我人は、余計な心配せんでええ。荷物も小春も全部俺が持つから、お前は教室でじっとしとれよ。ええな!?」

別に立腹しているわけではないのだろうが、江南の最後の一言には、反論を絶対に許さない迫力があった。

「ん……わかった」

仕方なく、篤臣はこくりと頷いた。

「よっしゃ。ほな、すぐ後でな」

そう言うなり、江南は医局へと駆け戻っていく。

「江南……。どうしたんだろ、あんなにムキになって。今回は、入院するわけでもなんでもないのに」

広い背中が消えたほうを見たまま、呆然《ぼうぜん》と呟く篤臣の背中を軽く叩いて、美卯はことさらに明るい声で言った。

「それだけ、永福君のことを心配してんのよ。今日はとにかく、いろんな人の言葉に甘えちゃいなさい。さ、戻ろう」

「……はい」

美卯に優しく背中を押して促されて、篤臣は、まだ浮かない顔で鈍く頷き、とぼとぼと重い足取りで歩き出した。

＊　　＊

「ほい、口開けぇ」

「自分で食えるって言ってんのに」

「ええから！　ほい」

口元に突きつけられたスプーンを、篤臣はいかにも渋々口を開けて迎え入れる。

窯《かま》に石炭をくべるように放り込まれたのは、焼き豚とネギ、それに卵で作ったチャーハンだった。

「ちょっとしょっぱいぞ」

モグモグと咀嚼《そしやく》しながら手厳しい評価をする篤臣に、自分も同じスプーンから一口頬張って、江南はニッと笑った。

「ホンマや。ちょっと塩入れすぎたな。いつもはお前が旨い飯を作ってくれるから、自分でチャーハン作ったんなんか、何年ぶりかわからんもん。上手いこといかんかっても不思議やない」

「ん……でも、晩飯まで作ってくれて、ありがとな」

どうやら、さっきの文句はちょっとした照れ隠しであったらしい。篤臣は、うっすら頬を赤らめ、素直な感謝の言葉を口にした。

あの後、本当に小一時間で仕事を片づけ、法医学教室に迎えに来た江南に連れられ、篤臣は文鳥のヒナ、小春と共に、タクシーで帰宅した。

江南は篤臣に横になるように勧めたが、装具の関係で、横たわると余計につらい。

結局、篤臣はリビングのソファーに座った状態で、どうにか右肩やぶつけた背中の痛みに耐え、じっとしていた。

夕方に帰ってきてから、午後八時過ぎの今までにやったのは、トイレに立つことと、小春に餌をやることとくらいである。

それも、湯を沸かし、粟玉とパウダーフードを合わせてふやかすところまでは江南がやり、篤臣はただ、利き手でない左手で苦労しながら、口を開けて盛んに催促するヒナの口に、「育て親」で餌を入れる作業をしただけだ。

そして今、やはりソファーに江南と並んで座り、江南特製チャーハンを食べさせてもらっているというわけである。

篤臣は、「左手でも、スプーンなら使える」と主張したのだが、江南はどうしても食べさせるといって聞かず、何が楽しいのか、鼻歌でも歌いそうなご機嫌な笑顔で、ひと匙《さじ》ずつ、篤臣の口にチャーハンを放り込んでいる。

「でも、旨いよ、このチャーハン。味つけ、塩胡椒《こしょう》だけじゃないのか？」

思わぬ怪我で参っていても、料理への興味は失っていないらしい。じっくりチャーハンを味わいながらそんなことを言う篤臣に、スエットに着替えた江南は、得意げに笑って種明かしをした。

「大阪人の知恵や。チャーハンを作るときには、中華スープの素をちょこっと入れるねん」

「へえ。あの、冷蔵庫に入ってるペーストになってるやつ？」

「せやせや。あれで味に深みが出て、店みたいな味になるねんな。ただ、あれもけっこう塩気がきついのに、それを計算せんかったせいで、ちょっとしょっぱくなってしもた」

「なるほどな。うん、次は真似しよう」

「お前やったら、もっと旨う作ってくれるやろ。楽しみや。ああ、せやけど、さっき買い物行ったとき、カレーのレトルトやら、中華粥《がゆ》やら、牛丼の素やら、うどんのセットやら、すぐ食えるもんをあれこれ買ってきたから、明日からはまともな味のもんを食わせたれるで」

そんな江南の言葉に、篤臣は目を丸くした。

「大荷物を持って帰ってきたと思ったら、そんなに買い込んでたのか」

「そら、当分保たせなあかんからな。時々は出前を取ったらええけど、毎日はかえって嫌やろ。せやから、簡単なもんやけど、家で作れるようにしようと思うてな」

「……なんか、色々考えてもらって、悪いな」

「何言うてるねん。当たり前のことやろが。ほれ、あーん」

すまなそうな篤臣とは対照的に、江南はあっけらかんとそう言って、チャーハンを山盛りにしたスプーンを差し出した。

「あーんって言うな。恥ずかしくて死にたくなる」

そう言いながらも素直に口を開けた篤臣に、江南は相好を崩した。

「なんや、お前も小鳥のヒナみたいやな」

「言うな！　それ以上からかうと、スプーン奪い取って、自分で食うからな！」

「へいへい。たくさん食うて、よう寝て、はよ治さんとな」

「ふむ」

たっぷりのチャーハンを咀嚼しながら、篤臣は不明瞭な返事をする。江南は、そんな篤臣の頭をクシャッと撫でた。

「装具が取れるまでは、なんでも最小限のことだけにせえよ。やり方は教えてもらわんとあかんけど、家事も、俺がやるからな」

そう言われて、篤臣は喜ぶどころか、むしろ心配そうに眉を曇らせた。その浮かない表情に、江南は訝しげに語気を強める。

「おい、そない心配すんな。俺かてええ大人や。教わったら、ちゃんとやれるで？　掃除も洗濯も」

「それはわかってるけど……」

少し躊躇ってから、篤臣は整形外科の診察室以来、ずっと胸にくすぶっていた懸念を思いきって口にした。

「ある程度は適当にやらなきゃ無理だけど、俺だって、痛みが治まれば、ある程度は自分でできると思うからさ。そんなにあれもこれもやらなくていいぞ？」

だが江南は、きっぱりと言い返してくる。

「アカン。少なくとも一週間は安静にて、越津先生も言うてはったやろ。その時期が、再発防止にいちばん重要なんやって」

「確かにそう言われたけど、片手でも、ゆっくりやれば色々できると思うから。お前、仕事があるんだからさ。あんま、家のことや俺の世話で、無理させたくないよ。心配せずに、いつもどおり……」

篤臣は、江南をこれ以上心配させまいと、気丈にそう言った。だが、それを遮り、江南はさらに驚くべきことを言い出した。

「いや、来週いっぱいは、遅出と早上がりをさしてもらうことにした。小田先生の許しももろうとる。お前と一緒に出勤して、一緒に帰る。お前、当分はデスクワークしかできへんのやから、夕方上がりやろ？　俺もそれに合わせる」

「え……ええっ⁉」

篤臣は、耳を疑った。

彼がそんなに驚くのも、無理はない。

消化器外科に入局してからこのかた、江南は早朝に出勤し、深夜に帰るという生活をずっと送ってきた。それどころか、医局に泊まり込みで、何日も帰ってこないことなどざらである。

それを、篤臣と同じように午前九時に出勤し、午後六時過ぎに帰途につくと言っているのである。

寝耳に水の宣言に、篤臣はすっかり狼狽えてしまった。

「ちょ、ちょっと待てって。外科のドクターに、そりゃ無理だろ！　お前、いつも言ってるじゃん。オペの準備は早朝からやりたいし、患者さんが不安にならないように、オペ後の経過は、主治医のお前が十分に見守ってやりたいって。だから、何日も医局に泊まり込んだりするだろ？　それが、お前のやりたい『医療』だろ？」

「おう」

だが、江南は平然と、むしろ口元に笑みさえ浮かべて頷いた。

「だったら、俺と同じタイムテーブルで仕事するとか、とても無理じゃないか」

「せやから、来週いっぱいは、主治医の仕事を代わってもらうことにした」

「ええっ⁉　あいたッ」

驚きすぎて、思わず背もたれから身体を浮かそうとして、篤臣は右肩の痛みに小さな悲鳴を上げた。まだ、どういう動きをすると痛むのかを把握しきれていないので、突然襲ってくる痛みには、対応できずにいるのである。

「アホ、急に動くな。安静や、安静」

慌てて皿を置き、江南は篤臣の背中をソファーに再び預けさせる。だが篤臣は、左肩に触れた江南の手首を摑んだ。痛みなど、構っていられない心境だったのだ。

「お前、何言ってんだよ。主治医の仕事を代わってもらうって、そんなこと！」

動揺する篤臣を落ち着かせようとするように、江南は穏やかに篤臣の左手をほどき、自分の手とギュッと握り合わせた。

「代わってもらうて言うたら、ちょっと語弊があったか。とりあえず、今、俺が受け持っとる患者の主治医を、来週いっぱい、小田先生と二人態勢にしてもらうことにしたんや」

「小田先生と⁉」

「おう。教授が主治医に加わって、嫌がる患者はおらへんやろ。患者にはもう、『家族の急病』って事情を話して、皆に気持ちよう了承してもろた」

「だ、だけど、小田先生、教授の仕事で忙しいだろ。そんな無茶なこと頼んじゃ悪いよ」

「俺が頼んだんと違うで。お前の怪我のことを話したら、先生から提案してくれはったんや」

小田からの申し出と聞いて、篤臣は少し落ち着きを取り戻した。だが、いつもは穏やかなその目には、まだ驚きと戸惑いが満ちている。

「でも……いくらそれで患者さんは納得してくれても、お前が気になるだろ、患者さんのこと。中途半端は嫌いなお前なのに、そんな……」

「ええんや。……なあ、篤臣」

江南は篤臣に痛い思いをさせないよう、いつもと違って、左側からそろそろと篤臣の背中に手を差し入れた。そんな江南の意図を察して、篤臣もどこか怖々、江南の身体にもたれかかるように身を寄せる。

片手で篤臣の頭を撫でながら、江南は穏やかに言った。

「前にお前が虫垂炎でオペ受けて入院したとき、俺、患者を診るんに忙しゅうて、お前の傍《そば》におられへんかったやろ。術後に術創やら頭やら痛うて、気分悪うて、水飲めんで苦しゅうて、いちばん俺に傍にいてほしかったときにいてやれんかった。あんとき、お前、滅茶苦茶《めちゃくちゃ》心細かったて言うてたやろ」

篤臣はもさもさと頷きつつも、不安げに江南に訊ねる。

「確かにそうだったけど、それを気にして、俺の傍にいてくれようとしてるのか？」

「せや」

「だったら、大丈夫だよ。あのときは確かに、初めて開腹手術なんて受けたから、身体も心も動揺してて、マジでひとりぼっちがつらくて死にそうだった。だけど、今はそこまでじゃない。外れた関節も戻してもらったし、あとは腕を固定しておとなしくしてるだけでいいんだし。痛みだって、数日でかなり落ち着いてくるって言われたし」

江南の気持ちは嬉しいものの、彼が無理をしていることは痛いほどわかるので、篤臣はなんとか江南に考え直させようとした。

しかし江南は、そんな篤臣にちゅっと音を立て、小さなキスをして黙らせた。

「江南……」

篤臣は、困惑したまま、目の前の恋人の名を呼ぶ。

「そんな顔、せんといてくれ。お前を困らせたいんと違うんやで。お前を安心させとうて、こうしたんや」

江南は、少し切なそうに笑った。その顔を見て、篤臣もどうしていいかわからなくなる。

「だって。……ごめん、お前の気持ち、物凄く嬉しいんだよ。今だって、凄く頼もしい。だけど、俺のせいで、お前が仕事のポリシーを曲げたりするのは嫌なんだ。俺のせいで、お前が十分な仕事ができない、それこそ外科医の仕事に手を抜くみたいなことになったら、俺、耐えられないよ」

「お前のせいやない」

歯切れよく言い切って、江南は真っ直ぐに篤臣の顔を覗き込んだ。そして、幼い子供に言い聞かせるように、ゆっくりと言葉を継いだ。

「俺が、勝手に、そうしたいんや」

それを聞いて、篤臣はまなじりを決した。

「そうしたいって……他でもないお前が、誰よりも患者さんのことを考えてるはずのお前が、仕事に手を抜きたいって思ってるってことか？」

「アホ、仕事で手ぇ抜くんと違うわ。俺は、患者の不利益になることは、絶対にせえへん。俺がおらん間、俺と同じどころか、俺よりもずっと頼りになる人に仕事を助けてもらうんや。小田先生だけやない。大西も、そんときには小田先生の補佐についてくれるて言うとった」

「大西も？　マジで、あいつが俺とお前を助けてくれるって？」

「あれで、バリバリの体育会系やからな。そういうとこは律儀に借りを返すて思うてるらしいわ。せやし、素直にありがとうて言うといた」

「……そっか。だけど」

「だけどもヘチマもあれへん。確かに、俺は患者を大事に思うてる。せやけど、世界で一番大事なんは、お前なんやで。そこは何があっても不動や。永遠のナンバーワンや！」

「江南……」

「虫垂炎のオペの後、俺は、患者の容態を見守るほうを選択した。それが間違っとったとは思わん。せやけど、術後のいちばんきついとき、お前の傍を離れたことは間違いやった」

「ん……だけどそれ、どうしようもなかったじゃないか。お前はひとりしかいないんだし」

「それや」

困惑して半泣きの顔になっている篤臣の鼻の頭をちょんとつついて、江南はニカッと笑った。

「身体を割かれへんのやったら、どっちかを選ばなアカン。あんときは、どないも対策が立てられへんかったから、お前を犠牲にして患者を取った。おかげで主治医としての義務は全《まっと》うできたけど、旦那としては完全に失格やった。それは、お前がそれでもええて言うてくれても、事実なんや」

「だけど、俺はそういうお前を誇りに思ってるよ？」

「そら、おおきに」

本当に嬉しそうに笑って、江南は篤臣の額に、自分の額を押し当てた。至近距離で、江南の切れ長の目が、篤臣の瞳をしっかりと捉《とら》える。

「せやけど、今回は手を打てた。俺が仕事に穴を空けても、それを埋めて余りある人が助けてくれる。せやから今回こそ、世界一、いや宇宙一大事なお前が大変なとき、傍におって助けてやりたいんや。ほんで実際、そうできるんや。お前の世話、とことんさしてくれへんか？」

「ホントに……ホントに、それでいいのか？　俺のために、外科医として不完全燃焼になっちまう一週間を、後悔しないか？」

「せえへんわ、アホ。お前関係で後悔するとしたら、お前を泣かしてしまうことだけや」

「……それだったら……」

「あ？」

「それだったら、お前、今すぐ後悔する羽目になるぞ」

「ああ⁉」

目を剝いて顔を離した江南に、篤臣は本当に涙目でぎこちなく笑ってみせた。

「だって、なんか嬉しすぎて、泣けてきた」

驚愕《きょうがく》の表情で固まっていた江南の頰が、だらしないほどたちまち緩んでいく。

「アホか、嬉し涙は例外や。……なあ、俺がおったほうが、ええやろ？」

「当たり前だろ」

篤臣は、自由に動かせる左手で、江南の頰に触れた。そして、本当は黙っていようと思っていたことを、素直に口にする。

「俺さ、診察室にお前が来るまで、マジで痛くて痛くて、どんな治療されるかわかんなくて、泣き叫びそうだったんだ」

「……そうなんか？　俺は、意外とお前が落ち着いとってビックリしたんやけどな」

篤臣は、はにかんだ笑顔で白状する。

「お前が診察室に飛び込んでくるなり、気持ちがストーンって落ち着いた」

江南は自分を指さし、目を輝かせる。

「おっ、やっぱし俺が来て、超安心したんやな⁉」

「んー、それもあるんだけど、さ」

「……なんや？　他にもなんぞあんのんか」

「お前が俺よりテンパってるから、急に、俺がしっかりしなきゃ！　って思ったら落ち着いてきて」

「……なんやねん、それ。俺が情けなすぎたっちゅう話か！」

ガックリと肩を落とす江南に、篤臣は慌ててフォローを試みる。

「だから、それだけじゃなくて！　その後、整復のとき、お前が肩を押さえててくれただろ？　あれが物凄く心強かったんだ。痛かったけど、動かせない肩をお前が触って、守ってくれてる。見ててくれてる。そう思ったら、不安もがた減りしたし、痛いのも我慢できた」

「ホンマか？」

「うん。だから……一緒に帰るって言ってくれて、仕事大丈夫かって凄く心配だったけど、同じだけ嬉しくて、だから今までずっと混乱してた。俺、喜んじゃ駄目なんじゃないかな、我が儘言ったり甘えたりせずに、お前を職場に帰してやらなきゃいけないんじゃないかなって」

訥訥《とつとつ》と自分の気持ちを言葉にする篤臣に、一度は落ち込んだ江南の表情が、徐々に和らいでくる。

「俺もアホやけど、お前も相当にアホやな。似た者同士っちゅうことか」

「アホって……」

「怪我したときくらい、もっと思いきり甘えろや。我が儘もバンバン言え。どうせお前は気い遣いやから、他の人にはそないなことはできへんやろ。お義母さんをどけたら世界でただひとり、我が儘を言いまくれるんは、俺だけやろが。せやから、俺が傍におるんや」

「……うん」

「嫁の我が儘くらいどーんと受け止められんで、なんのための旦那や。勿論、お前が大学におる間は、俺もいつも以上に仕事に励むけど、それ以外の時間は、一週間まるっとお前のもんや。一緒におるときは、俺を好きにしてええんやで?」

どんと胸を叩いてそんなことを言う江南に、篤臣は涙目のままで笑い出してしまう。

「急にお前を好きにしろとか言われても、困るよ。でも……うん、わかった。せっかくお前がそんなふうに決心して色々算段してくれたのに、俺がそれを気に病んだら、お前にも、小田先生にも、大西にも……患者さんたちにも申し訳ないよな。俺も腹を括《くく》って、来週いっぱい、思いきりお前に甘えることにする」

「おう、そうせえ。……なあ、ちょっとくらいやったら大丈夫か? かるーくやったら」

力強く頷いて、江南はソファーの上で微妙に体勢を変え、篤臣のほうに身体を向ける。

「たぶん」

軽く両腕を広げてみせる江南の望みは、ハッキリ言われずともわかる。

篤臣は左手で身体を支えながら、自分も江南のほうにそろそろと身体の向きを変えた。そして、動かせない右肩を庇《かば》いながら、江南のほうにゆっくりと身体を傾ける。

「よっしゃ」

そんな篤臣の身体の左側を自分の胸で受け止め、江南は恋人をやわらかく抱いた。それでも、篤臣は「いてっ」と小さな声を上げる。

「どこがや?」

「あ、気にしなくていい。階段を滑り落ちたとき、背中をあちこちぶつけたから。どうってことはないんだ」

「ホンマか? せやったら、今夜、寝るんも大変やな」

「だな。まあ、なんとかなるよ」

いつもより少し不自然な体勢で江南に身を預け、篤臣は、ふうっと深く息を吐いた。

「やっぱ、安心する。でも、心配かけてごめんな、江南」

首筋にかかる篤臣の吐息を感じながら、江南はおっかなびっくりで篤臣の背中を撫でた。

「何言うとんねん。俺なんか年間三百日くらい、お前に心配かけとるやろ。お前なんか、まだたったの半日や」

「……それ、自覚してるなら、もうちょっと減らしてくれよな。今言うことでもないけど」

「努力する。せやけど、お前はもっと心配ばんばんかけてええんやで。痛かったり、しんどかったりしたら、我慢せんと言えや。何しろ、こっから一週間は、一日の半分以上、お前専属の俺やからな!」

「わかったって」

篤臣が笑いながら相づちを打ったとき、ローテーブルに置いてあった段ボール箱から、絶妙なタイミングで「チチッ」と甲高い声がした。

蓋を閉め、寝かせたはずの小春が、何故か急に一声だけ鳴いたのである。

二人は緩く抱き合ったままで、思わず顔を見合わせた。

「おうおう、お前のことも忘れてへんで、小春」

江南の笑みの滲んだ声に続いて、篤臣も、小さなヒナに声をかける。

「訂正だよな。俺とお前専属の江南だ。……だけど、俺が我が儘をいっぱい言う予定だから、お前はちょっと控えろよ」

ジッ。

すると、まるで二人の言葉がわかっているように、箱の中からは、短い鳴き声が返ってくる。

「通じとんな」

「完璧に」

二人は同時に箱のほうを見やり、それから再び見つめ合って、同時に笑い出した……。

四章　降って湧いた蜜月

　楢崎が再び法医学教室に顔を出したのは、篤臣が右肩を負傷した四日後、火曜日の昼下がりのことだった。

「血液サンプルを持ってきた。遠心分離機を使わせてくれ」

　そう言って、勝手知ったる他人の家とばかりに実験室に入ってきた楢崎は、視線だけで挨拶すると、ダブルのパリッとした白衣の裾を翻し、大股《おおまた》に遠心分離機がある壁際へと向かった。

　澱《よど》みのない仕草で、金属製のホルダーを大きな秤《はかり》の両側に引っかけ、左右のバランスを取りながら試験管をセットしていく。

　利き手ではない左手を使って、苦労しながらＤＮＡの分析作業をしていた篤臣は、ピペットマンを机に置き、楢崎に声をかけた。

「こないだはありがとうな。助かった。また、お前に借りを作っちまった」

最後は空っぽの試験管を差し、水を入れて最終バランスを調整しながら、楢崎は篤臣の顔を見ず、感謝の言葉をクールに受け流す。

「貸しにカウントするほどのものじゃないさ。通りかかって、ひっくり返ったお前を拾って、隣の棟の外来に放り込んだだけだ。それに、命にかかわるような事態でもなかったしな」

「だとしても、肩を貸してもらったし、あちこち連絡してもらったし、凄く助かったよ。俺のほうは凄く感謝してるから、勝手に借りにカウントするぞ」

「好きにしろ」

サンプルをセットして遠心分離機をスタートさせてから、楢崎はようやく篤臣を見て笑った。

「それにしても、相変わらず大仰な装具だな。モビルスーツのようだ」

「色合い的に、ジオンの量産型かよ。しけてんな。つか、確かに腕一本固定するだけなのに、ずいぶん念の入った構造だよな」

「腕を厳密な角度で固定するのが、それだけ難しいということなんだろう」

そう言いながら、楢崎はいつも美卯が座っているスツールを引き、腰を下ろした。遠心分離が終了するまで、ここでのんびりしていくつもりらしい。

院内呼び出し用の低電磁波ＰＨＳを机の上に置き、ぴしっとプレスされたスラックスの足をゆったりと組むと、楢崎は親指で扉のほうを示した。

「さっき、セミナー室を覗いたら、誰もいなかった。こっちかと思ったんだが……城北先生と中森先生は？」

篤臣は、ちょっと寂しそうに答えた。

「解剖中。俺、腕がこれだからさ。せめて外れたのが左肩だったら、筆記係《シュライバー》くらいはできたのに。利き腕が駄目になっちまうと、マジで解剖室では何もできないんだよな。だから、ここでひとりぽつーんと留守番」

「確かに、片腕で司法解剖はかなり無理があるな。まあ、装具が不衛生になるのはよくない。せいぜい、固定が必要な期間はおとなしくしていろ」

「最低でも三週間なんて、気が遠くなるほど長いよ。せめて検体検査だけはと思ってやってるんだけど、それも左手だけじゃ、はかどらないしな」

「是非もなし、だな」

織田信長《おだのぶなが》の台詞を涼しい顔で引用する楢崎に、篤臣は「その台詞、今使うべきやつだっけ」と笑いながら、再びピペットマンを取り上げる。

作業を再開した篤臣の右肩から上腕を眺めながら、楢崎は机に頬杖《ほおづえ》をついた。

「しかし、外旋位固定というのは、肘から先を腹に添えられる内旋位と違って、なんというか前後に嵩張《かさば》るな。その装具、ずっとつけっぱなしなんだろう？」

慎重にチューブの内壁に液状のＤＮＡサンプルをアプライし、チューブの蓋を閉めてから、篤臣は頷く。

「うん。外すのは、シャワーを浴びるときだけだな。そんときも、右腕を動かさないように、三角巾で吊《つ》ったまま入ってる」

「では、寝るときもか？」

「寝るときは絶対つけたままでって、越津先生に念を押されたよ。寝てる間に、あらぬほうに腕を曲げちまうのが、いちばんヤバイらしい」

楢崎は、興味深そうに相づちを打った。

「なるほど、言われてみればそうだ。だが、いかにも鬱陶《うっとう》しそうだな。痛みは？　金曜日は、ずいぶん痛むようだったが」

篤臣は、チューブを一本ずつ左手でボルテックスミキサーに当てて中身を混合し、卓上用の小さくて簡易な遠心分離機にセットしながら答えた。

「週末は熱を持った感じがずっとあったし、疼《うず》くような痛みもあったなあ。でも、昨日あたりから落ち着いてきた。勿論、うっかり腕を動かしちゃったときは声が出るくらい痛いけど、こうして固めておけば大丈夫だよ。今朝、整形を受診したら、今んとこ順調だって」

「そうか、それはよかった。では、装具をつけてさえいれば楽なのか？」

「いやあ、それがそうでもない」

シュンッ、と一瞬だけ遠心分離機を回し、篤臣はサンプルを取り出してスタンドに並べる。確かに、両手を使えるときと比べると、作業スピードはほぼ半分だ。意外と短気な篤臣が、イライラするのも無理はない。

一方の楢崎は、それを敢えて手伝おうとはせず、しかし目は篤臣の手元から離さずに会話を続けた。

「そうなのか？　もしや、装具が合っていないんじゃないか？」

篤臣は微苦笑して首を横に振る。

「いや、装具はいい感じにフィットしてる。ただやっぱり、腕を固定するってことは、不自然なくらい同じポーズでずっといるわけだろ。やっぱ、血液循環が少しは滞るんだろうな。重怠《おもだる》い感じがいつもするよ」

「ああ、なるほど。それはありえるな」

「あと、どうしても右肩を庇って動くだろ。変な身体の使い方をしてるらしくて、あちこちが筋肉痛になるんだ。首も肩も物凄く凝る」

「それはまた、我が身で経験してみないとわからないつらさのオンパレードだな。それでは、ここへの行き帰りはどうしているんだ？　移動だって、楽ではないだろうに」

そう問われて、篤臣は照れ笑いで答えた。

「思ったより痛みが治まるのが早かったから、ひとりで大丈夫だよって言ったんだけど、江南は聞く耳持たなくてさ。今週はずっと、荷物を持ってつき添ってくれるって」

それを聞いて、楢崎は意外そうに頬杖から顔を上げた。

「江南が？　お前のタイムテーブルに合わせて、行きも帰りもか？」

「うん。小田先生にサポートしてもらって、仕事をやりくりしてくれてるんだ。しかも、贅《ぜい》沢《たく》だって言ったんだけど、『最初の一週間が大事やて言われたやろ』って、行きも帰りもタクシー。あいつ、すっげえ過保護で、どうしようかと思うよ」

恥ずかしそうに打ち明けた篤臣に、楢崎はむしろ訝しげな視線を向けた。

「まったくもって、江南の言うことになんの間違いもない。そこは遠慮するところではなかろう。お前が困惑する必要は何もない」

「でもさあ……」

「でも、じゃない。受傷後一週間というのは、予後を大きく左右する重要な時期なんだ。養生に万全を期して、何が悪い」

「うっ……」

「確かに、あの江南が私事で仕事を減らしたというのは驚きだが、パートナーであるお前の日常動作を徹底的にサポートすることには、諸手を挙げて賛成だ」

楢崎は真顔できっぱりと言い切る。篤臣は、居心地の悪そうな顔つきで、左肩だけを小さく竦《すく》めた。

「やっぱ、そういうもん？　俺が、タクシーなんて贅沢だから電車でいいよって言うたび、江南の奴、物凄く真剣な顔で、『贅沢とか言うてる場合か！　金の問題と違うぞ』って本気で怒るんだよなぁ」

「珍しく、完全同意だ。そもそも、そんな装具をつけて、通勤時間帯の電車に乗るのは大変だろう。場所を取るから他の客に迷惑だし、うっかり転倒して、また右肩を強打でもしたらどうする。間違いなく、反復性脱臼に繋がるぞ」

「あー、江南とまったく同じこと言うな、お前も。やっぱ、臨床医の共通意見かあ」

「というか、医者にとっては当たり前の見解だ。お前が医者離れしすぎてるんだよ」

「それに関しては、返す言葉がない。俺、臨床経験ゼロだからな」

　クスッと笑って、篤臣はしみじみと言った。

「でもさあ。あいつにあんなに一から十まで世話を焼かれるなんて生まれて初めてだから、装具より、そのことに慣れないよ。ほら、虫垂炎をやったときは動けるようになるまで入院してたから、かえって江南にはそこまで負担をかけずに済んだしさ」

　それを聞いて、楢崎は妙な流し目で篤臣を見た。唇の前に人差し指を立て、実に嫌な感じでニヤリと笑う。

「困った口調のわりに、顔はとても嬉しそうににやけているがな。どっちが本音だ？　いや、訊くまでもないか」

からかわれて、篤臣はみるみるうちに赤面する。

「にやけてなんかない！　っていうか、本音は……そりゃ、まあ」

「やはり、訊くまでもなかったな。いいじゃないか。せっかくだから、おはようからおやすみまでくまなく面倒を見てもらえよ。それこそ、風呂だって一緒だろう？」

篤臣は、頭頂部から湯気を噴きそうな赤い顔で、ボソリと肯定する。

「だって、ほら。色々洗うの、大変だから」

「なるほど。洗う……ねえ」

意味ありげに口角を吊り上げる楢崎に、篤臣は狼狽えて上擦った声で言い返した。

「おい、変な想像してんなよ！　そういうアレじゃねえから」

「別に」

「別にって言うなら、その顔やめろよな！　いくら感謝してても、感じ悪いぞ！」

つい声のトーンを跳ね上げた篤臣に反応するように、実験机の片隅に置いてあった小さなプラケースの中から、「チチッ」という声が聞こえる。

「おや」

楢崎は怪しい笑みを引っ込め、組んでいた脚を下ろした。立ち上がってプラケースの前に行き、長身を屈《かが》めて中を覗き込む。

声の主は、言うまでもなく文鳥のヒナ、小春である。

バサバサと小さな翼を広げて甲高い声を上げる灰色のヒナを見ながら、楢崎は意外そうに言った。

「なんだ、そんな怪我をしても、こいつの面倒はお前が見ているのか？」

篤臣は笑って頷く。

「だって、俺のせいで江南はいつもより短い時間しか仕事ができないんだから、業務時間内は全力投球してほしいだろ。勿論、行き帰りはあいつにケースを運んでもらうけど、昼間は俺が世話してる。世話っていっても、餌をやるとか、糞《ふん》で汚れた敷き紙を交換するとか、その程度のことだから」

「それもそうか。とはいえ、小鳥のヒナを飼育するのに、こんなカブトムシを入れるような殺風景なプラケースでいいのか？　もっとこう、専用の容器に入れてやるべきなんじゃないのか？」

軽く眉根を寄せて、楢崎はそんな心配をする。消化器内科のクール・ビューティも、小さな生き物には意外と優しいらしい。

意外に思いつつ、篤臣は、プラケースの横に置いてあった小さな紙袋を左手で取った。

「確かに最初はフゴっていう、藁編みの専用の容器に入れてたんだよ。だけどこいつ、週末からけっこう動くようになって、フゴだと狭すぎて、翼を傷めそうでさ。それで、江南がペットショップに行って、店員さんのアドバイスでこれを買ってきた」

「では、プロのお勧めというわけか」

「うん。俺も最初は『えっ、これ？』って言っちゃったけど、よくよく考えたら、長く使うもんじゃないし、軽いし、蓋はしっかり閉まって空気も通るし、中もよく見えるだろ。蓋に持ち手がついてるのも、今の俺にはありがたいよ」

「確かに、プラケースなら空間が大きくて、こいつも自由に動けるな。手入れも容易《たやす》そうだ」

「そういうこと。底にペットシーツを敷いて、小さな使い捨てカイロを置いて、その上にキッチンペーパーを重ねてあるんだ。自分で居場所を変えてくれれば温度調節が簡単だし、糞をしても、上のペーパーを替えるだけでいいから、ホントに簡単だよ」

篤臣の説明に、楢崎は新薬の説明でも聞いているような真剣な面持ちで耳を傾ける。

「ふむ、なるほど。よく考えたものだな。それに、たった数日で、羽根が充実してきた。足腰もしっかりしてきたようだな。……ときに、鼓膜が疲労するほどけたたましく鳴いているが、こいつは何が不満なんだ？　どこか、具合でも悪いのか？」

「別に不満ってわけじゃないよ。昼寝から覚めて、腹ぺこなのに気がついただけ。こいつは今、食うのと寝るのと騒ぐのが仕事だからさ。特に食うことには必死だよ。……今、餌を用意するから、ちょっと待てよ、小春」

言葉を理解できるようになるとは期待していないが、それでも人間に話すのと同じような口調で声をかけ、篤臣は紙袋から取り出した餌やりの器具と小袋に分けて持ってきた粟玉、それからパウダーフードを机の上に並べた。

チチチチッ！　ジジッ！

こちらも、言葉の意味はわからないながらも、篤臣の声はすでに覚えていて、彼が自分に話しかけていることもわかるのだろう。

小春は、「そんなこと言わずに早くして！」と言わんばかりに、プラケースの中をちょんちょんと飛び歩き、いっそうけたたましい鳴き声を上げる。

一人前に羽ばたいてもみせるが、スカスカの羽根ではまだ飛べないようだ。

「そんなに急かされたって無理だよ、小春。俺、今はなんでもゆっくりしかできないんだってば。怪我人なんだから、仕方ないだろ」

苦笑いでそんな言い訳をして、篤臣は楢崎を見た。

「悪い、楢崎。セミナー室のポットから、少しだけ熱湯を入れて持ってきてくれないかな。ホントに少しでいいから」

「ああ、それは構わんが、お前、どうにも不自由そうだな」

「まあな。これでも少しは慣れたんだけど」

粟玉の入った密封容器を開けることすら、左手だけでは容易な動作ではない。難儀している篤臣を数秒、なんとも言えない微妙な表情で見ていた楢崎は、やがて、いつもの彼らしくないエッジの鈍い口調で申し出た。

「その……なんだ。俺でよければ、代わってやろうか？」

「えっ？」

ビックリして顔を上げた篤臣が見たのは、初めて見る楢崎の決まり悪そうな照れ顔だった。彼は、プラケースを指さし、恥じらいと憤りが半々の、無闇《むやみ》に尖った声で早口にこうつけ加えた。

「そんなに大音量で鳴かれてはうるさいから、早く黙らせたいだけだ。別に、餌をやってみたいとか、そういうことではまったくないんだぞ」

「ほんで、楢崎が小春に飯を食わしてくれたんか！」

湯がバシャバシャと床面に当たり、もうもうと湯気が立ち上る中、浴室に江南の驚きの声が響く。

江南と向かい合う体勢でプラスチック製の椅子に腰掛けた篤臣は、楢崎に話したように右腕を三角巾で吊ったまま、シャワーの湯を背中に浴びていた。

裸に三角巾というのはどうにも間抜けな格好だが、これぱかりはどうしようもない。

浴槽に浸《つ》かることは許されていないが、右腕を固定することと、脱臼した右肩を温めすぎないことを条件に、シャワーでの入浴は主治医の越津に許されている。

篤臣にとっては、一日のうち、唯一重くて硬い装具から解き放たれる、何にも代え難い時間である。

こうして、毎晩当たり前のような顔で、江南が篤臣の服を脱がせて一緒に入浴し、頭からつま先まで洗ってくれるので、篤臣はまるで自分も小鳥のヒナになったような気分でされるがままになっている。

「うん、粟玉とパウダーフードを合わせてお湯でふやかすのも、『育て親』で小春に餌を食べさせるのも、全部やってくれた。俺、あんなに緊張した楢崎の顔、初めて見たよ。すげえおっかなびっくりだった」

楽しそうに話す篤臣の左腕を、石けんをつけて泡立てたタオルで擦《こす》りながら、江南は小さな声を上げて笑った。

「そら、俺も見たかったな。小春、楢崎のことを怖がっとらんかったか？」

篤臣は笑ってかぶりを振った。

「全然。むしろ、楢崎が小春を怖がってたな。あんなに小さいと、握りつぶしそうだって。喉の奥に餌を押し込むのも、凄く怖がってた」

「へえ。あいつやったら、銀行員みたいにさくさくっと事務的に餌やるんかと思うとったのに。内科医の仕事するときは、そんな感じやで」

「俺もそうかなって。ホントにうるさいのを黙らせたいだけかと思ってたけど、手つきや顔つきを見たら、全然違うんだよ。どっちも、すんごく優しかったからな。あいつの、これまで知らなかった一面を見た気がした」

「ホンマやな。……ほい、あっち向け」

「ん」

篤臣は、椅子に座ったまま身体の向きを変え、江南に背中を向けた。背中をゴシゴシ洗ってもらいながら、篤臣は感慨深そうに口を開いた。

「小春がもりもり餌食うのを、楢崎、すっげー嬉しそうに見てたよ。俺、あいつのあんな開けっぴろげな笑顔も、初めて見た」

それを聞いて、江南はますます意外そうな顔つきになる。

「へえ。そら、俺も見たかったな。あいつ、そないに動物が好きなんやろか。よっしゃ、こっち向いて、脚」

「うん」

篤臣は従順に再び江南と向かい合い、江南の腿に片足を載せた。江南はなんの躊躇いもなく、篤臣の白い脚を拭い始める。

最初はこんなふうに明るい場所で身体を洗われることが恥ずかしくていたたまれなかった篤臣だが、ようやく慣れてきた。

何より、身体を清めてくれる江南の手が思ったよりずっと優しく、しかも日常のことには大雑把な彼にしては、驚くほど几帳面なことに感動させられる篤臣である。

「楢崎、プライベートなことは全然喋らない奴なのにさ、小春に餌をやりながら、ちょっとだけ話してくれたよ。……あいつのお父さん、凄く躾《しつけ》に厳しくて、小さい頃に言いつけを破ると、すぐに晩飯抜きにされたんだって」

タオルを篤臣のすらりとした脚へと滑らせながら、江南は盛大に顔をしかめた。

「そら酷いな。ガキは食うんも仕事の内やのに」

篤臣も、気の毒そうに頷く。

「だよなあ。それもさ、ただの晩飯抜きじゃないんだ。食卓にはつかされて、両手を膝に置いたまま、家族のみんなが食事をしてるのをじっと見てなきゃいけなかったんだってさ」

それを聞いて、江南は憤然と断言した。

「そらあかん。立派な児童虐待や。他人様の親を悪う言うたらあかんかもやけど、そんなフィジカルとメンタルを両方痛めつけるみたいな罰はあかん。だいたい、飯食うとる他の家族も気ぃ悪いやないか。俺やったら、絶対そんな中で飯は食われへんわ」

篤臣も、目の前に幼い楢崎少年がいるかのように、気の毒そうな顔で頷く。

「ホントそうだよな。俺も絶対無理。まあ、昔はそういう理不尽な罰もまかり通ってたんだろ。特に田舎《いなか》では」

「かもしれんけど、あの頑固で短気なうちの親父《おやじ》でも、食いもんをネタに子供をしばくような真似はせんかったぞ。なんや、知らん人やのにごっつ腹立つな」

「まあ、落ち着けって。昔の話だよ。あと、そんなに怒るとお前の手に力が入りすぎて、俺の脚がヒリヒリする」

篤臣は苦笑いで江南を宥めてから、話を続けた。

「だから楢崎は、誰かが腹ぺこでつらい思いをしてるのが、何より耐えがたいんだって言ってた。俺が片手でモタモタしてて、小春が腹減ったってギチギチ言ってるのが、我慢できなかったみたいだ」

江南は感銘を受けた様子で、何度も深く頷いた。

「はあ……あいつ、生まれて一度も苦労したことあれへんような顔しとるけど、色々あんねんな。水面下全力パドルの白鳥みたいな奴なんやろか」

「かもしれない。だって楢崎、基本的に努力家だもんな。格好つけだから、頑張ってるとこを人に見せたがらないだけで。小春がいなけりゃ、一生知らなかったかもしれない楢崎の一面が見られたなって思ったよ」

「ホンマやな。……ほい、反対側の脚」

黙々と手を動かしながら、江南は感慨深げにこんなことを言い出した。

「人間の赤ん坊でも鳥のヒナでも、ちっこい生き物は同じようにごっついな。自分ひとりでは飯も食われへん、ろくに動かれへん弱っちい存在のくせに、人間をぎゅうっと引き寄せて、あっちゅう間にこっちの心を丸裸に剥いてしまいよる。……ほい」

「サンキュ」

差し出されたタオルを左手で受け取り、さすがに脚の付け根あたりは自分で洗いながら、篤臣は悪戯《いたずら》っぽい目で江南を見た。

「確かに、心は丸裸になってるよな、お前。毎日正面切って、小春にヤキモチ焼いてるもんな」

「そらそうや！」

江南は、洗い髪を両手でオールバックに撫でつけ、意味もなく胸を張る。

「そらそうやって、お前そんな堂々と言うことじゃ……」

「当たり前やろが。俺が仕事しとる昼間じゅう、あいつはお前と一緒におれるんやぞ。それだけでも羨ましいっちゅうのに、こんだけつきあいの長い俺かて、片手の指で足りるくらいしか、『あーん』なんてしてもろてへんのに、あいつは一日何度もお前から飯食わしてもろて！　これが妬かんでおられるかっちゅうねん」

百パーセント本気の江南の発言に、篤臣はゲンナリした顔つきで溜め息をついた。

「はあ……お前、馬鹿だろ」

「なんでやねん！　ただヒナやっちゅうだけで、そんな特別待遇やぞ。俺かて、なれるもんやったらヒナになりたいわ」

「いや、もうマジで馬鹿だろ。大馬鹿だろ」

脱力した笑顔でそう言うと、篤臣は、自分の腿の上にタオルを置いた。そして、石けんのついた左手で、江南のふくれっ面の頬をピタピタと叩いた。

「俺は、お前がヒナじゃなくてよかったよ。……なんか、やっぱ申し訳ないし、迷惑や苦労をかけてるともすげえ思うけど……それでも嬉しいもん」

「あ?」

ポカンとする江南に、篤臣はシャワーで上気したせいだけではない赤らんだ頬に、やわらかな笑みを浮かべた。

「お前がいつもより長く俺と一緒にいてくれることも、ビックリするくらいあれこれ世話を焼きまくってくれることも、それを楽しそうにやってくれることも、恥ずかしくて、照れくさくて、でも嬉しくて仕方ない」

「篤臣……」

「だからさ、小春に妬いたりするなよ」

ちょっと上目遣いに江南を見て、篤臣はシャワーの音にかき消されそうなほど密やかな声でこう続けた。

「俺、小春は大事な預かり物だから、飼い主さんにお返しするまで、元気で丈夫に育てなきゃって思ってる。だけど、お前はもう育っちゃってるから、他のことでなんでもしてやりたい」

「……お、おう？」

「そんなに食べさせてほしけりゃ、装具が取れたらお前の好物を作って、心ゆくまで『あーん』をしてやってもいいし、もっと他にも……お前が望むなら、なんだって」

滅多に出ない篤臣の「積極的」な発言に、江南は正面切って呆然としてしまう。

だが、やがて濡れ髪のせいで余計に野性的に見える江南の顔は、ゆっくりと笑み崩れた。やに下がる、という言葉がピッタリな崩れようである。

「な、なんだよ？　何考えてるんだよ、お前」

自分から「なんでも」と言い出したくせに、徐々に不安になってきたらしき篤臣の頬にキスをして、江南は満面の笑みで言った。

「たまには妬いてみるもんやなあ。お前から、そないに嬉しい言葉をもらえるとは思わんかった」

「う……うう」

「小春は、俺だけやのうて、お前の心も丸裸にしとったんやな。……よっしゃ、肩が治ったらお前にしてほしいことを考えもって、装具が外れるんを待つわ。お前の世話焼いとる間も、その後も楽しいんは、えらいお得やな」

「お得とか言うな、馬鹿。マジで俺に何させる気だよ」

「そらぁ、乞うご期待っちゅうやつや。けど、お前の世話焼くんは、楽しいばっかりで何も苦労と違うから、そこは気にすんなや」

カラリと笑い、江南は篤臣の頭に片手をかけた。

「あんまし長いこと湯を浴びとったら、右肩、温まりすぎるやろ。ぱぱっと頭を洗《あろ》てまお。下向けや」

「ううう」

うっかり「なんでも」と口走ったのは早まりすぎただろうか……と、軽い後悔と、我ながら不可解な期待のようなものを感じつつ、篤臣は言われるがままに頭を下げ、盛大にかけられるシャワーの湯が入らないよう、両目をギュッとつぶったのだった。

＊　＊

翌週の月曜日の午後、篤臣はやや緊張した面持ちで、K医大付属病院内にあるリハビリルームにいた。

午前の診察で、右肩関節脱臼のその後の経過が順調なため、そろそろリハビリテーションを始めようということになったのである。

整形外科からリハビリテーション科に回され、そこでまたひととおりの診察を受け、担当

の理学療法士に紹介され、今後のリハビリテーションのプログラムを作成してもらい……と、一連の「患者」の立場を経験して、ようやくリハビリテーションを行う部屋へと案内されたのだった。

「まあ、今日のところは、その服装でなんとかOKです。ただ、リハビリは悪いところだけを動かすのでなく、全身のバランスをチューンナップする感じなので、もっと動きやすい服装がお勧めですよ。他の皆さんを参考にして、次回から必ずご用意ください」

谷田部《やたべ》と名乗る中堅どころらしき理学療法士は、実に事務的にそんな説明をしながら、篤臣をリハビリルームの奥のほうへと誘《いざな》った。

片隅に置かれたパイプ椅子の一つを示し、そこで座って待つように言ってどこかへ去ってしまう。

（ここに来るの、久しぶりだなあ）

思えば、前回ここに来たのは、学生時代、臨床実習《ポリクリ》の一環としてだった。

そのときは、学生ひとりに患者ひとりが割り当てられ、患者のリハビリを介助したり、自分たちも簡単なリハビリテーションを体験したりした。

リハビリ科のプログラムは、臨床科の中では医療というよりレクリエーション的な要素が多く、あまり当時の印象は強くない。

だから、改めて広いリハビリルームを眺めてみても、懐かしいという感じはしなかった。

明るい色のフローリングに、心が和らぐ淡い緑色の壁、そして部屋の一面には大きな窓が並び、ふんだんに太陽の光が入る。

他の病棟とは違い、どこか牧歌的な雰囲気があるその室内では、谷田部が言うような思い思いの「動きやすい服」を着た患者たちが、それぞれの目的に応じた運動に励んでいた。

ある者はバーに摑まって歩行訓練をし、ある者は大きなボールにバランスを取って座り続けようとし、またある者は、マットの上で奇妙なポーズをとり、拘縮《こうしゅく》した筋肉を少しでも伸ばそうとしている。

楽しそうに笑っている人もいれば、真剣な面持ちで集中している人もいて、苦悶の声を上げ、顔を歪めながら踏ん張っている人もいる。

皆、損なわれた身体の機能を取り戻すために、あるいは、失われた機能を他の部位を用いて代償するために、つらくて地道な努力を続けているのだ。

(俺は、これからどんなリハビリをするんだろう)

ぽつんとひとりで座り、他の患者たちの様子を見ながら、篤臣がいささかの不安を感じ始めた頃、谷田部が「お待たせしました」と戻ってきた。

そして、篤臣の身体から装具を取り外すと、右肩にタオルをかけ、その上からやわらかく、じんわりと温かなバッグ状のものを載せた。

いわゆるホットパックと呼ばれる、温熱療法でよく用いられるアイテムだ。

「あ、これ昔、ポリクリで試させてもらいました。温かくて、気持ちがよかった」

篤臣がそう言うと、谷田部はいささか無愛想な態度で応じた。

「肩関節を一週間も動かさずにいると、損傷した組織は治癒してきていても、関節自体はどうしても硬くなってしまうので……って、すみません。こういうことをドクターにご説明するのは、釈迦《しゃか》に説法ってやつですかね。失礼になるようでしたら、説明は省きます」

どうやら谷田部は、篤臣が医師であるため、距離の取り方にいささか戸惑いがあるらしい。出会ってからの木で鼻を括《くく》ったような態度は、そういう性格というより、困惑から来るものだったのだろう。

それに気づいた篤臣は、内心の緊張を隠し、自分から谷田部に笑いかけた。

「いや、とんでもない。俺、法医の医者なんで、生きてる人のことはからっきしなんです。学生の頃に習ったことはわりと忘れたし、患者になることにも慣れてないし。他の患者さんたちと同じように色々教えてもらえると、凄く助かります」

それを聞いて、谷田部はあからさまにホッとした様子だった。ようやく、そのホームベースを思わせる角張った顔に、笑みが浮かぶ。

「ああ、法医の……。じゃあ、そうさせてもらいます。とにかく、まだ受傷後一週間ちょいなんで、激しい動きは禁物です。リハビリが始まったからといって、勝手に腕を動かし始めるのはNGですよ。いいですか?」

患者として扱ってくれと言った途端に、谷田部の口調が教師めいてくる。だが、実際、そのあたりの加減はまったくわからない篤臣なので、こちらも生徒のように素直に頷いた。

「はい、わかりました」

「ただ、三週間もの間、ずっと動かさずにいると、関節がカチカチになって、元に戻すのは骨ですからね。少しずつ、傷の治りを妨げないように、ここで動かしていきましょう」

「はい」

どこまでも従順な篤臣に、谷田部もようやくリラックスした様子で、篤臣の肩に載せたホットパックを指さした。

「リハビリ前には、毎回必ずこうしてホットパックで患部を温めます。血行をよくして、筋肉をできるだけやわらかくして、準備をするんです」

「なるほど。準備運動代わりですね。でも、単純に気持ちいいな」

「でしょうね。僕も、肩が凝ったときは、仕事の後にやりますよ。……さて、そろそろいいかな。じゃあ、いよいよリハビリを始めましょう。こっちへどうぞ。毎日少しずつ様子を見ながらやっていきますからね。こちらが指示した以上に頑張ろうとしないように。今日は肩慣らし程度にしますよ」

そう言って、十分な空間が取れる場所へ篤臣を連れていくと、谷田部はまず、篤臣に軽く足を開いて立ち、腰を折って深いお辞儀をするような姿勢で前屈させた。

左腕を前方のバーに添え、体勢を安定させる。

その姿勢で指示されたのは、「振り子運動」だった。

つまり、身体を前後左右に揺らす反動で、ダラリと垂らした右腕を自然に動かすという実に単純な運動である。

最初は、なんと簡単なことかと高を括った篤臣だが、すぐにそんな自分の考えの甘さを思い知らされた。

たった一週間あまり固定しただけで、彼の肩関節は、驚くほど衰え、固まってしまっていた。

本来なら、ぶらぶらと滑らかに動くはずの右腕は、実にぎこちなく、油が切れたロボットのような直線的な動きしかできない。

しかも、脱臼したときのことを思い出すと、そんなふうに腕を動かして、また肩関節が外れたら……という本能的な恐怖が湧き上がり、思いきった動きを試みることができないのだ。

「痛みますか?」

篤臣に小さな腕振りをゆっくり繰り返させ、注意深くその動作を観察しながら、谷田部は問いかけてくる。

篤臣は、虚勢を張らず、正直に答えた。

「少し。我慢できないほどじゃないんですけど。むしろ痛みより、怖い気持ちのほうが大きいです」

「そりゃ、誰でもそうですよ。大怪我した後、最初にそこを動かすってのは、ホントに怖いもんです。それを指示する僕らも怖いですし」

谷田部はニコリともせず、真顔でそう応じた。篤臣は少し驚いて、腰を折った姿勢のまま、首をねじ曲げて谷田部の顔を見る。

「ホントですか？　理学療法士さんも、怖い？」

床に片膝をつき、篤臣の右肩の関節に軽く触れて状態を確かめながら、谷田部は角刈りの頭を微妙に振った。

「そりゃね。皆さん、リハビリを開始するって聞くと、つい『ずいぶん治った』って思っちゃうんですよ。だけど、いざ運動を始めてみると、全然思うようには動いてくれない。そのイメージのギャップで、いきなり挫《くじ》けちゃう人も多いのでね。こっちも内心は、あんまりガッカリしないでくれよ、落ち込まないでくれよって、ビクビクしてますよ。……ああ、これは先生がドクターだから言うんですけど。先生は挫けないでくださいよ？」

小声でつけ加えて、谷田部は少しだけ笑ってみせる。篤臣も、痛みをこらえているのでちょっと強張ってしまってはいたが、小さな笑みを返した。

「はい。ひとりでやれって言われたら、怖くて動かせないかもですけど、プロがサポートしてくれるので、安心して頑張れます」

「優等生回答ですなあ。でも、つらいときは絶対に隠さないでください。そういうの、逆に困るんで。さて、そろそろ馴染んできたでしょう。もう少しだけ、元気よく動かしてみましょうか。まずは前後に十回」

言葉を飾らないので不機嫌に思われることもあるだろうが、この谷田部という理学療法士は、実に率直かつ誠実な人物であるらしい。

再び「はい」と頷き、篤臣は踏ん張る脚に力を入れ直した。


「OK、そこまでにしましょう」

ひたすら、全身を緩く動かし、その反動で垂らした右腕を前後左右に振る、そんな振り子運動を二十分ほど繰り返したところで、谷田部はリハビリを切り上げた。

「これだけ、ですか?」

拍子抜けして思わず訊ねた篤臣に、谷田部はノートパソコンでカルテを打ち込みながら、さも当然といった口調で答える。

「ええ、先生は幸い、こちらにお勤めですから。平日は毎日通っていただいて、段階的に運動量や種類を増やしていけますからね。今日はこれで。明日は他の運動を追加していきます」

「ああ、なるほど」

「初回ですから、そこの椅子でしばらく休憩して、様子を見てください。もし痛みや熱感が出てくるようなら、我慢せずに言ってください。ウォーターサーバーはそこにありますから、ご自由に。汗が引いたら、装具を戻しましょう。座っている間、右腕は動かさないでくださいね」

テキパキと言い残して、谷田部は受付カウンターへと去ってしまった。おそらく、次の予約があるのだろう。

「……ふう」

篤臣はウォーターサーバーから小さな紙コップに水を汲《く》み、それを持って、部屋の隅っこの椅子に腰を下ろした。

座るなり、自分が酷く疲れていることがわかる。

（ただ、片腕をぶらぶらさせてただけなのに。こりゃ、先が思いやられるな）

思わず溜め息をついた篤臣は、次の瞬間、飛び上がりそうになった。背後から、どうにも聞き覚えのある声が飛んできたのである。

「よく頑張ってたねえ。お疲れ様」

「えっ⁉　あいたた」

思わずいつものように勢いよく振り返ってしまい、右肩の痛みに呻いた篤臣に、「おいおい、大丈夫かい？」と歩み寄ってきたのは、消化器外科の小田教授であった。

相変わらず、白髪交じりの髪を短く整え、小柄な痩軀《そうく》を緑色のオペ着と白衣に包んだ小田は、心配そうな顔で篤臣の傍らに立った。

両手を後ろで組み、お辞儀でもするように、篤臣の顔を覗き込む。

「や、江南先生から話を聞いて心配してたんだけど、思ったより元気そうでよかった。もう、リハビリを始めているんだね」

「はい、今日からです。……あの、色々と、俺のせいで江南がご迷惑をおかけして、申し訳ありません。一週間の約束だったのに、延長していただいたりして……。一度、お詫びに伺わないといけないと思ってたんですけど」

篤臣は慌てて立ち上がり、小田に謝罪の気持ちを伝えようと頭を下げた。だが、すぐに左肩に手をかけ、頭を上げさせられる。

「小田先生、あの」

「座りなさい。さっき、あの理学療法士さんに、座って休むように言われたんだろ」

「あ……はい、でも」

「患者が医者に遠慮してどうするの。早く座りなさい。あと、江南先生の大切な家族の一大事なんだから、彼が看護のために時間を作るのも、それを上司である僕がサポートするのも当たり前でしょ。謝られる筋合いはないよ。感謝の言葉なら、まあ受け取るけどね」

そう言って人好きのする笑みを痩《や》せた頰に浮かべた小田に、篤臣はおずおずと椅子に腰を下ろし、もう一度頭を下げた。

「じゃあ……その、本当にありがとうございます」

「どういたしまして。今度のこと、君には災難だったけど、僕は心配しつつ、ちょっと嬉しくもあったんだよ」

「え？」

意外な言葉に、篤臣は目を丸くする。

「嬉しい、ですか？」

小田は、知らない人が見たらとても外科の教授には見えない気さくさで、手近にあったパイプ椅子を篤臣の隣まで引っ張ってきて、ストンと腰掛けた。

「うん。江南先生が、君が負傷したことを僕に打ち明けて、しばらく仕事を減らしたいって申し出てくれたことがね」

「でも、そのせいで先生のお仕事が増えてしまっているのに」

「そんなことはいいんだよ。僕に何かあったら、そのときは江南先生にフォローしてもらうんだから。それより、以前、君が虫垂炎で入院した夜、彼が術後の君につき添うより患者の経過を見るほうを選んだとき、僕は正直、複雑でね」

「……はあ」

小田は、腿の上で両手の指を緩く組み合わせ、向こうに見える窓の外をぼんやり見ながらこう言った。

「部下としては褒めてやらなきゃいけない決断なんだろうけど、人としてはどうなんだろう、それは果たして正しい行いだろうか……って、ずっと悩んでた」

「小田先生、でも、あのときの江南の患者さんは重症だったたって聞いてました。だから俺は、納得ずくだったんですよ」

篤臣は、つい反射的に江南を弁護する。だが小田は、穏やかな口調で切り返した。

「わかっているよ。別に彼を非難しているわけじゃない。患者さんに対して強い責任感を持つのは、立派なことだ。ただ、君に万が一のことがあったら、江南先生は、君の傍にいなかったことを一生悔やむだろう。そしてどれほど悔やんでも、取り返しはつかないんだ。そういうこと、彼はちゃんとわかっているのかって心配でね。僕が言ってもお節介なだけだろうから、黙って見ていたけれど」

「あ……」

「外科医としては一流になれても、その過程で人間として大切なものを色々切り捨ててしまっては……ああいや、そういうことはそれぞれの流儀があるから押しつけはいけないんだろうけど、僕はやっぱりよくないと思うんだ」

「……はい」

「そんなことを繰り返していては、魂が歪《いびつ》になってしまう。その歪みは、必ず医療にも影響を及ぼす。それが僕の考えだよ。だからこそ今回、江南先生の申し出が、僕はとても嬉しかったよ。彼はとてもつらそうに話を切り出したけど、その顔に迷いはなかったからね。彼は、外科医としては日々成長を続けているけれど、今回のことで、人間として一回り大きくなったんじゃないかな」

小田の言葉に嘘がないことは、その、よく医局員に「貧相」と形容される顔が晴れ晴れしていることでよくわかる。

篤臣は、江南のことを心から案じてくれていた小田の優しさに、深く胸を打たれて言葉を失った。

そんな篤臣に視線を戻し、小田はただでさえ小さな目を糸のように細めて笑った。

「人間、ひとりで何もかもを抱えることはできない。彼は今回、彼の人生の中では、君が最優先だとハッキリ心に決めたんだ。僕はそれはとても正しいと思うし、それを貫けるよう手助けすることは、喜びでもある。医者である前に、まず人でなくてはね」

「小田先生……」

「大丈夫、君が回復したら、江南先生にはまたバリバリ働いてもらうから。だから君は、僕に遠慮なんかせず、必要なだけ江南先生を独り占めするといい。彼は最初の一週間だけって言ったけど、僕が強引に、その装具が取れるまでは仕事を減らしたままの状態を維持するように言ったんだよ。横暴な上司の絶対命令ってやつなんだ」

「……ありがとうございます！」

ありがたくて泣き出しそうになった篤臣は、その気持ちを一言に込めて、右肩が許す限り深く、頭を下げた。

「なんのなんの。それに僕も、君にお礼を言わなきゃいけないことがあってね」

「えっ？」

またしても意表を突かれて、篤臣はゆっくり頭を上げる。小田は、チェシャ猫のように怪しく笑って、両手を小さくパタパタさせてみせた。

「患者さんから預かった文鳥のヒナ。江南先生と一緒に、怪我人の君がお世話をしてくれてるんでしょ」

「あ、いえ、そんなことは。江南が勝手に安請け合いしたことですし。今の俺には、その程度の手伝いしかできませんから」

「いやいや、小鳥のヒナは弱いからね。代理で育てるのは大変なことだよ。でも、おかげで飼い主さんは、ほら、あんなに順調だ」

小田はそう言って、ごく控えめにリハビリルームの一角を指さした。

そこでは、療法士二人がかりのサポートを受け、小柄な高齢女性が仰向けに寝そべった状態で、小さなボールを持ち上げたり下ろしたりという運動を繰り返している。

篤臣は、驚いて口を半開きにしたまま、その女性と小田を交互に見た。

「あ、もしかして、あの人が、文鳥の飼い主さん、ですか？　じゃあ、小田先生がここにいるのは」

「うん、彼女も術後で、今日からリハビリを始めたのでね。少し様子を見に来たんだ。君と同じくらい頑張ってるねえ」

小田は微笑ましそうに目を細める。篤臣は、驚いて小田に訊ねた。

「もうオペが済んで、リハビリですか？　ずいぶん早いですね」

「ご高齢だからね。負担を考えて、術式としてはかなり難しかったんだけど、内視鏡オペをしたんだ。不思議なんだがねえ、普段はあれほど大雑把な大西先生が、内視鏡の扱いは実に上手いんだ。彼女の手術でも、大活躍してくれた。そこだけは、江南先生より上だなあ」

「本当ですか？　あの大西が、内視鏡手術！」

身体のすべてのパーツが大きく、とにかくガサツを絵に描いたような大西の姿を思い浮かべ、篤臣は驚きを隠すこともせず、「へええ」と声を上げた。

小田も、クスクス笑って「家庭を持って、さらにパパになった自覚が、彼を成長させたんだろうねえ」と言ってから、話を患者のことに戻す。

「そんなわけで、手術自体も、術後の経過も実に順調でね。ご本人も、早く退院してヒナを引き取りたいと希望している。だったらってことで、寝たきりにならないように、今日から軽いリハビリを開始したというわけ。リハビリというより、健康体操かな」

「なるほど……。俺に気を遣わせまいとして、江南、俺が怪我してから、仕事の話を一切しなくなったんです。ヒナの飼い主さんのことも、様子を聞いても『順調やで』って言うだけで。だから密かに気にしてたんですけど、そうですか、あの人が」

感慨深げに女性を見守る篤臣に、小田はニコニコして言った。

「うん。旦那さんと息子さんに先立たれ、ずっと飼っていた猫も死んで。世をはかなんでしまいそうなときに、文鳥のヒナに出会ったんだそうだ。たまらず手に入れて、この子を看取《みと》るまでは死ねないと、生きる活力が戻ってきたそうだよ。だから、胃癌の宣告を受けても挫けなかった。見てごらんよ、あのガッツ。むしろ療法士が、セーブするのに必死だ」

「ホントですね。……そっか、あの人にとっては、文鳥が最優先なんだ」

「そのとおり。だから、主治医の江南先生が預かってくれて、毎日、スマホで写真やら動画やらを撮ってきて見せてくれるのが、大きな励みになってるみたいでね。驚きの回復を見せてるんだ。君たちがつけた『小春』って名前も大のお気に入りで、うちの小春がって、毎日話を聞かされるよ。大西先生といい江南先生といい彼女といい、愛情ってのは、何より人を強くするんだねえ」

そう言って、小田はぶきっちょなウインクを篤臣に贈る。大照れしながらも、篤臣は小さな溜め息をついた。

「そっか……。あ、すいません、そう言っていただけて嬉しいんですけど、ちょっとだけ自己嫌悪で」

「自己嫌悪？　どうして？」

「ああいえ、毎日一緒にいると、やっぱり情が移ってしまって。手放したくないなあ、なんて、時々二人で言ったりするんですよ。文鳥って凄いスピードで成長するので、あんなによちよちしか歩けなかったヒナが、もう、少しだけですけど飛んでみせたりするんです。日々、進歩してる感じが凄くて」

「早送りで子育てをしている気分なんだね？」

笑うでもなく優しく問われて、篤臣は小さく頷いた。

「俺たち、自分の子供を持つことはないですからね。小春の世話をしていると、ああ、江南と子供を育てるとこんな感じなんだな、毎日、成長を一緒に喜べるんだなって、なんだか感動してしまって。だから余計に、別れがつらくなりそうです。でも……」

えいやー、とこちらまで聞こえるような声を上げて、両手でボールを高く掲げる「小春の本当のお母さん」の姿を見ながら、篤臣はそっと言葉を継いだ。

「小春との再会を、あんなに楽しみにしてくれているんですね。だったら寂しいけど、こんなにいい子に育ってますよって、胸を張って小春をお返ししたいです。小春のほうは、あっという間に俺たちのことを忘れてしまうでしょうけど、俺たちにとっては、子育てを疑似体験させてもらえた大事な思い出として、ずっと残りますし」

頷いて話を聞きながらも、小田は不思議そうにこう提案した。

「だったら、君たちも文鳥に限らず、何か動物の子供を飼えばいいいんじゃない？　ああ、マンションが犬猫は駄目か。じゃあ、やっぱり自分たちの文鳥のヒナを手に入れれば」

「いや……それは」

篤臣は苦笑いでかぶりを振った。小田は、不思議そうに目をパチパチさせる。

「どうして駄目なんだい？」

「いやもう……江南の奴が、文鳥のヒナにヤキモチを焼くわ、張り合うわ、もう地味に大変なんです。今回は期間限定だからいいですけど、あれがずっとになったら、俺は身が持ちません。手放したくないって言いつつ、現実的には、飼い続けるのは無理です」

控えめながらも実感がこもりすぎるほどこもった篤臣の言葉に、小田は噴き出しそうになるのを危ういところでこらえた。そして、どうにかこうにか真顔を取り繕い「なるほど、そりゃ大変だ。ずっと二人でいたほうがいい」と、深く頷いた……。

五章　あるべき場所へ

「失礼します。おや、今日は永福がいなくて、中森先生がいらっしゃった」

セミナー室の扉を開けるなりそんなことを言った楢崎に、自席で顕微鏡を覗いていた美卯は、接眼レンズから顔を離して目をショボショボさせながら言葉を返した。

「しばらくぶりね。こないだは解剖中に来て、永福君の代わりに、小春に餌をやったんだって？」

いきなり文鳥の話題を振られて、楢崎は薄い唇をへの字に曲げつつ、美卯の机にゆっくりと近づいた。

「永福があまりに不自由そうだったので、ちょっと手伝ってやっただけです」

「……のわりに、とっても小春に優しかったって聞いたけど？」

美卯はちょっと眉を上げ、あからさまなからかい口調で問いかけてくる。

「俺は、小さい生き物に限らず、万人に優しいつもりですがね」

迷惑そうにそう言うと、楢崎は手に持っていた平たい箱を美卯の机の空き場所に置いた。

「あら、なあに？」

「学会出張のささやかなお土産《みやげ》ですよ。ご当地にはパッとしたものがなかったので、なんのことはない地元駅で買ったひよこ饅頭《まんじゆう》ですが。目新しさより確実性を重視しました」

美卯は嬉しそうに箱を両手で持ち上げ、軽く拝むアクションをしてみせた。

「確実に美味しいものが、何よりよ。ありがとう！　そういや楢崎君は、ひよこ饅頭をどこから食べる派？」

「まずは皮を剝ぐ派です」

いささかエキセントリックな食べ方をサラリと白状して、楢崎は扉の閉まった教授室を見た。

「学会発表用の草稿に助言をいただいたお礼を申し上げに来たんですが、城北教授はお留守のようですね」

早くもバリバリと包み紙を破りながら、美卯はこともなげに答えた。

「二時から会議に行ったっきり。今日は二つハシゴなんですって。教授ともなると、わけのわからない会議が週に何度もあって、お気の毒だわ」

「そうですか。では、後日出直すとします。永福は、実験室ですか？」

「あ、ううん。さっきまでいたんだけど、整形外科の越津先生から電話があって、病棟の処置室でささっと診察しようって言われたみたい。急いで出ていったわ」

楢崎は、訝しげに壁の時計に視線を向ける。

「もう四時近い。こんな時刻に診察とは」

「ホントは昨日、外来の診察時間内に予約を取ってたんだけど、越津先生の急用でキャンセルになったんですって。だから、レントゲンだけ撮ってきたって言ってたわ。今日は、その埋め合わせに時間を作ってくれたんじゃない？」

「ああ、そういうことですか。しばらく会っていませんが、装具はもう取れたんですかね？俺の記憶が正しければ、今日で脱臼してちょうど一ヶ月でしょう」

楢崎の疑問に、美卯は気の毒そうにかぶりを振った。

「それが、まだなのよね。ホントは早ければ先週って言われてたんだけど、もう少し様子を見ようって言われて、本人、落ち込んでたわ。昨日も診察がキャンセルになってかなり凹んでたし」

「では、今日の越津先生の呼び出しは、永福にとっては願ったり叶《かな》ったりというわけですか」

「そういうこと。お待ちかねの顔で、飛んでいったわ。今日こそ、いい結果を持って帰ってくるといいんだけど。あの子が戦力外になると、うちはホントに大変なのよ。城北先生と私で、全部をこなさなきゃいけなくなるから」

小さな声で、「本人がいちばんそれを気に病んでるから、言えないんだけど」と肩を竦めて言い添え、美卯は紙箱を開けて、整然と並んだ饅頭を惚れ惚《ほぼ》れと眺めた。

「ですが、永福が来る前や、あいつが江南とアメリカへ行っている間は、そうだったわけでしょう？」

「ええ、だから大変だったわよ。私たちはその都度、永福君のありがたみを痛感してるってわけ」

楢崎は、ちょっと面白そうに軽く腕組みをする。

「ということは、永福はかなり有能なわけだ」

「私の弟分なんだから、当たり前でしょ。……あ、それより楢崎君、今、時間ある？」

美卯に問われて、楢崎は腕時計をチラと見下ろした。

「そうですね、三十分以内であれば」

その答えに、美卯はパッと顔を輝かせる。

「十分よ！　ちょっとこの組織を見てほしいの。さっきから、なんだこれって悩んでたのよね。考えてみれば、楢崎君の専門分野だわ。ああ、いいタイミングで来てくれた」

「消化器のプレパラートですか？　構いませんが、部下が部下なら上司も上司ですね。まったく、いつから俺には、法医学教室の誰かの窮地に居合わせるなんてろくでもない呪《のろ》いがかかったんだか」

　そんな軽い皮肉を言いつつも、楢崎はセミナー室の中を見回した。

「こちらには、デュアルヘッドの顕微鏡はありませんか。どうせなら、一緒に観察できたほうがいいでしょう。いちいち立って入れ替わるのは面倒だ」

「それならこっちにあるわ」

　美卯は席を立ち、大きなテーブルがある広いスペースのほうへ向かった。楢崎も、美卯に従う。

「あんまり使わないから、普段は物置に突っ込んであるの」

　そう言いながら、主《あるじ》のいない「准教授室」に入っていった美卯は、すぐにキャスターつきの小さな机に載せた状態で、デュアルヘッドの顕微鏡を引っ張り出してきた。

　向かい合った状態で二人が同時にプレパラートを観察することができる、接眼レンズが二組ついた、やや特別な顕微鏡である。

「では、見ましょうか」

　美卯が持ってきたプレパラートを台の上にセットして、楢崎は顕微鏡の電源を入れた。

　慣れた仕草で左右の接眼レンズを調整すると、組織を一瞥《いちべつ》するだけで口を開く。

「大腸……いや、回盲部《かいもうぶ》ですね」

「うん、そう。こないだの症例なんだけどね。交通事故で亡くなった方だから、直接死因は外傷なのよ。ただ、解剖したとき、回盲部にちょっと気になる潰瘍病変があったものだから、組織を固定してから切ってみたの」

美卯も、楢崎よりは手間取りながらレンズの調節を済ませ、接眼レンズに顔を近づけたところで、「うあ」と奇妙な声を上げて顔を上げてしまった。

「ちょ、楢崎君、速い」

「は？　何がです？」

「プレパラートを動かすのがよ。視界が凄い勢いで動くから、眩暈《めまい》がした」

レンズから顔を上げた楢崎は、目をつぶってこめかみに手を当てる美卯を見て、実にソフトに冷笑した。

「観察しやすい箇所を見つけたらお知らせしますから、目を外しておいてくださってけっこうですよ。すぐです」

そう言ってすぐに観察に戻った楢崎に、美卯は小さな声で文句を言った。

「むー。馬鹿にされてる感じ」

声だけでも、美卯のふくれっ面が見えるようだったのだろう。楢崎は片手を軽くひらりとさせ、標本から視線を離さずに、それでもフォローの台詞を口にした。

「馬鹿にはしていませんよ。こういうのは、場数の問題です。……いや、それだけではないか。正しくは、経験とセンスがものを言います。組織標本は、広大ですからね。低倍率で全体を見回して、すぐに異常箇所にピンとこないと、砂漠で針を探すような状態になってしまう」

「経験とセンス、かあ。一緒ね」

美卯は、まだ不服そうではあるが、いくぶん機嫌を直してそう言った。

「一緒？　法医も……解剖も、そうですか？　僕が数回、筆記係でお供した司法解剖は、実にフラットに、人体すべてを丹念に観察していた印象がありますが」

「それはそうなんだけど、司法解剖にだって、メリハリは必要よ。そこは相手が生きてる人でも死んだ人でも一緒だと思うけど。楢崎君は、患者さんに問診して、実際に身体に触れながら、病名にアタリをつけつつ検査の指示を出すわけでしょ？」

「まあ、そうですね」

どうやら、全体を観察する段階は早くも終わったらしい。今度はゆっくり細かくプレパラートを動かし始めた楢崎を見ながら、美卯は言った。

「私たちも一緒。警察から状況を聞いて、あれば病院受診時のデータを見て、外表所見を取る。勿論先入観はいけないけど、その時点である程度の閃《ひらめ》きがないと、厳しいかなって思うわ。確かに、どういう状況で亡くなったご遺体であっても、頭から尻尾《しっぽ》まできっちり調べるけど、やっぱり重点的に視《み》るべき部位ってのはあるもの」

「ふむ。確かにそこは、我々の診断過程と同じかもしれませんね。さて、このあたりが見やすくていいでしょう。どうぞ」

楢崎に促され、美卯は再び顕微鏡を覗き込んだ。

「あっ、そこそこ。見るからに怪しいって、さっき楢崎君が来たとき見てたの。潰瘍と、何かあるわよね」

「はい。これを見落とすようなら、まさにセンスがないとしか言いようがありません。先生がそうでなくてよかった」

そんな失礼ギリギリの台詞をサラリと口にしてから、楢崎は不意にこう訊ねた。

「その症例、肺病変は？」

美卯は明るい画面に見入りつつ、即答する。

「肉眼的には、特になかったわ。長年煙草《たばこ》を吸ってる感じの色合いではあったけど」

「ふむ。では原発性か」

「原発性？　その病変、いったい……」

不思議そうな美卯に対して、楢崎は実にさっくりと正解を告げた。

「腸結核です」

「あああああ！　そう！　そうだわ、それ！」

途端に美卯は大声を上げて、両手でテーブルを何度も軽く叩いた。それでも、両目はレンズから離さない。

「そっか、じゃあ、潰瘍の底にあるのは、肉芽腫《にくげしゅ》ね！」

美卯が指摘した病変を画面の中央に置き、楢崎はペンの先でプレパラートの該当箇所を指し示した。

「はい。拡大してみてください。ラングハンス巨細胞が見えるでしょう」

レンズを切り替え、美卯は納得とも落胆ともつかない声を漏らす。

「あぁあ……そっか。その顔、そうだわ。どっかで見たと思ってた」

「もう一度、レンズを低倍に戻してください。肉芽腫周囲にある染まりの悪い部分、これが乾酪壊死《かんらくえし》です。これがあるともう、診断を迷う余地はありませんね」

「肺結核は見たことがあったけど、腸結核は初めて。病変的には同じなんでしょうけど、組織が変わると、ピンとこなかったわ。言われてみれば、そのとおりなのに」

悔しそうにそう呟く美卯に、楢崎はこともなげに言った。

「そんなものですよ。これもセンスと経験の複合技ですからね。僕は消化器が専門ですから、すぐにわかっただけです。一度見ておけば、中森先生なら二度と迷うことなく診断がつけられるでしょう」

「そうあるために、このプレパラートの視覚情報を、頭に叩き込んでおかなきゃね。でも、原発性の腸結核って、多いの？」

楢崎はレンズから顔を離し、薄い唇を一度引き伸ばしてから答えた。

「大学病院だからというバイアスは無論かかっていますが、意外と肺結核を伴わない腸結核は見ますよ。なかなか、自覚症状から素人《しろうと》に想像のつく病名ではありませんからね。受診しないうちに、次々と他人を感染させてしまう患者もいるようです」

「そうなのね。確かに、こっちでも解剖してみたら肺結核があったって症例は、以前より増えた気がするけど。とにかくありがとう。楢崎君が今日来てくれたのは、今年の私の最大のラッキーかも」

「大袈裟ですよ。ですが、それならお茶を一杯所望してもいいですか？　今日はこれから医局に戻ると、七時頃まで椅子に座る暇もなさそうなので」

「お安いご用よ」

美卯は顕微鏡の電源を切ると身軽に立ち上がり、自分と楢崎のためにほうじ茶を煎《い》れた。そして、テーブルに移動した楢崎の前にマグカップを置き、ひよこ饅頭を添える。

「お持たせで悪いけど、楢崎君もうちの子なんだから、食べていって」

美卯はそう言いながら、自分もちゃっかりお茶と饅頭を手に、楢崎の向かいの席に腰掛ける。

「どうも。では、一つだけ」

そう言うと楢崎は包み紙を開け、ひよこを模した茶色い饅頭を取り出した。

美卯は、興味津々の顔つきで、楢崎の手元を凝視している。だが、彼女はすぐに、落胆の声を上げた。

「えー、皮、むしらないの？　さっき言ってたじゃない」

「人前ではしませんよ。さっきのは、ひとりのときは、という意味です」

苦笑いでそう言うと、楢崎は頭からぱくりと饅頭を頬張る。

「ちぇ。格好つけなんだから」

「大人の自覚があると言ってください」

涼しい顔で言ってのけ、楢崎は熱いほうじ茶を丹念に吹き冷ましてから、やけにおっかなびっくりで飲んだ。

失望を露《あら》わにしていた美卯は、また目を輝かせて身を乗り出す。

「何？　楢崎君って猫舌だっけ」

「……多少」

「へええ、可愛いとこあるんだ」

「あなたに可愛がられても仕方がありませんよ。もう『偽装彼氏』は廃業しましたし。ああ、やはりこの饅頭にハズレはないですね」

「子供の頃からの、安心の味よね。あ、そうだ」

美卯も尾のほうから饅頭をもいで頬張り、「さっきの話」と言った。

「さっきの話？　どのあたりですか？」

「経験とセンスの話。楢崎君も江南君もそうなんだろうけど、永福君も、凄く勘がいいのよね。法医学者のセンスあるなーって、いつも思う」

ふむ、と興味深そうに相づちを打ち、楢崎は饅頭を咀嚼しながら、眼鏡の奥の目の動きで先を促す。

美卯は、言葉を探しながらこう言った。

「たとえばずいぶん昔、これは自殺だろうけど念のため、ってことで司法解剖に回ってきたご遺体があったのね。側頚部《そくけいぶ》に短刀で深く切り込んで、内頚動脈切断で失血死した症例だったんだけど」

「……おやつの時間にふさわしい話題ですね。ああいや、咎めているわけではなく。そのままどうぞ」

「私だってこんな話、身内にしかしませんよーだ。とにかくその症例、持病で長く苦しんでいた、おまけに経済的にも困窮していたっていうバックグラウンドがあって、亡くなったのは自室の布団の上で、特に着衣の乱れも防御創もなくて、遺書まであって。全体的に、まあ自殺だろうな気の毒に……っていう空気が、解剖室じゅうに流れてたわけ」

「なるほど」

「当時、永福君はまだ新人もいいところで、どんなご遺体が来ても、何をどうしていいかわからずにキョドってたのね。腎臓の掃除に悠久の時を要するような時代だったの。それなのに、解剖の真っ最中に、突然『変です』って言い出して。みんな、キョトンとしちゃったわ」

楢崎はマグカップの側面に指先で触れ、お茶の冷め具合をモニターしながら相づちを打った。

「ふむ。何かに気づいたわけですね？」

「そう。あの子、特に損傷も何もなかった遺体の左手に注目したの」

「左手？　結婚指輪か何かですか？」

「ううん、中指に、注意しないと見落とすような、小さなペンだこがあったのよ」

「……ほう」

美卯は、出来のいい弟分の自慢をするかのように、嬉しげな顔で話を続けた。

「物凄く思いきった口調で、『左利きなら、左手で短刀を持って首に切りつけるはずです。だとしたら、遺体の頸部左側にある刺切創《しせつそう》は、ちょっと中央寄りに角度がつきすぎじゃないですか』って言い出して、みんなビックリしちゃって。で、その発言がきっかけになって、身内の嘱託《しょくたく》殺人が発覚したのよね」

楢崎は、少し冷めてきたほうじ茶を旨そうに飲んでから口を開いた。

「つまり、本人に頼まれて他人が手を下し、自殺であるよう偽装したというわけですか。それに気づくのが死者の心に添うことかどうかは別にして、目のつけどころはいいようですね」

「そう。それに加えて、あの性格。普段はどっちかといえば聞き役だし、あまり自分を主張しないほうなのに、ここいちばんで凄く毅然《きぜん》としていて、言うべきことは言って一歩も退《ひ》かない。鑑定医になると、証人喚問で法廷に立つことも増えるから、あの性格、きっと役に立つわ。弁護士って、ホントに意地悪な質問をしてくるから」

美卯は額に皺を寄せ、いかにも不愉快そうに吐き捨てた。

「永福君はわりに短気だけど、そういうストレスフルな状況だと、何故か普段よりずっと我慢できる子なのよね。弁護士のペースに乗らず、必要なときに必要なことだけ喋れる気がする。だから、この道に向いてるなっていつも思うのよ」

「それ、永福に言ったことは？」

美卯は笑ってかぶりを振った。

「そういうの、他人に指摘されて変に意識しちゃったら、台無しになるかもでしょ。必要がなければ、伝えるべきことではないわ」

「はは、確かに。……そうですね。永福は確かに、そういう奴だ。それに、あいつがあんな性格でなければ、江南とはとてもやっていけないでしょう」

「ああ、確かに。江南君は、自己主張が激しいタイプだものね」

「ええ。人一倍優しい男ではありますが、人の心の機微を察するのは上手ではない。あいつ

の優しさは、一種、王者の優しさですからね。普段はじっくり話を聞いてくれて、いざというときはビシッと窘めてくれる永福だからこそ、長く続いているんじゃないですか？　俺には、ああいう我慢はとてもできませんよ」

「ホントよね～。だから今、江南君は永福君に、絶賛感謝キャンペーン中なんだろうけど」

「ええ。江南の仕事を心配しつつも永福はほけほけと喜んでいるし、江南は江南で『うちの嫁』の世話を焼くのが楽しくて仕方ないらしくて、顔を合わせるたびにのろけられますよ。まったく、こっちはたまったもんじゃない」

「ホントよねー。私たち、両方からのろけられるためにここで働いてるわけじゃないのに」

学生時代からの二人を知る者同士の会話だけに、会話の内容は辛辣《しんらつ》だが、その声には苦笑交じりの愛情が滲んでいる。

楢崎は、饅頭の最後の欠片《かけら》を口に放り込むと、こう言った。

「こういうときに言うべき台詞を、俺は知っていますよ。すぐ消える言葉かと思ったら、けっこう広く浸透しているやつです。俺は、普段は使いませんが」

「なんて言うの？」

「そうですね。祝福と呪詛《じゅそ》がほどよく交じり合った感じの……」

「あ、それ、私も知ってる気がする」

二人は顔を見合わせ、同時に、しかも真顔で、「リア充爆発しろ」と同じ文句を発した。

それからまたしても同時に噴き出し、マグカップのほうじ茶で、古馴染みの二人に捧《ささ》げる乾杯をしたのだった……。

＊　＊

その日の午後九時過ぎ、江南はどうにも落ち着かない気持ちで、最寄り駅から自宅マンションへの道を急いでいた。

夕方、篤臣から突然、「今日はひとりで先に帰る。お前はきりのいいところまで仕事をしてから帰ってきてくれ。ただし、午後八時以降に」という、短いメールがスマートホンに届いたのである。

いったいどういうことかと問い質《ただ》すメールを送っても、「何も心配はいらないから」というさらに短い返事が来るだけで、まったく事情が把握できない。

いっそ法医学教室に様子を見に行こうかと思ったところが病棟から呼び出しを受け、容態が急変した患者のケアに追われるうちに、こんな時刻になってしまったのである。

(大丈夫やろか、篤臣。えらい、メールの文章が堅かったからな。なんぞ、隠し事でもあるんと違うか)

そんなことを考えると、走ることだけは我慢するものの、歩くスピードが最大限に速まってしまう。

玄関の扉を開けるなり、江南はいつもより大きな声を上げていた。

「帰ったで！」

そして、いつもなら篤臣が出てくるのを待ちながらゆっくり靴を脱ぐところを、子供のように乱雑に脱ぎ捨て、リビングにドカドカと入っていく。

「おう、お帰り」

そんな江南を出迎えたのは、もちろん、篤臣である。

だが、今夜の篤臣は、ここしばらくの彼とは違う。

ジャージの上から愛用のエプロンを身につけ、キッチンから出てきた篤臣の右腕からは、すっかり身体の一部になったかのようだった、あの装具が消えていた。

「うぉ！」

それにすぐ気づき、江南は歓声を上げた。

そのまま両腕を広げて大股に近づくと、はにかんだ笑顔の篤臣をギュッと抱き竦める。

「とうとう取れたんか、装具！」

強く抱き締められ、息を詰まらせながらも、篤臣は笑顔のまま、両腕で江南を緩く抱き返す。

負傷前は当たり前だったそんなささやかな動作も、今はそれができるというだけで、篤臣の胸をほっこりと温かくした。

「うん、今日やっと、越津先生に外してもいいよって言ってもらえた。ようやく、自由の身だよ。つっても、完璧に治ったわけじゃないんだけど」

「そらそうや。リハビリは、まだ続けなあかんのやろ？　せやけど、よかった。なんでそれ、ソッコーで言うてこおへんのや。先週の金曜は、てっきり装具が取れると思うたのに保留で、お前、えらいこと凹んどったやろ。また診察でなんぞあったんかと思うて、こっちは肝が冷えたで」

抱擁を緩め、篤臣の顔を覗き込んで、江南はちょっと咎める口調で問いかけた。

篤臣は、「ゴメン」とまずは謝ってから、弁解とも説明ともつかない話を始める。

「どうせなら、ささやかなサプライズを用意してから、装具が取れたところを見せたかったんだ」

「サプライズ？」

「さっき、これから帰るって連絡もらってから、頑張って仕上げたんだ。今夜だけは、風呂の前に飯を食ってくれると嬉しいんだけど」

それを聞いて、江南は狼《おおかみ》のようにクンクンと鼻をうごめかせた。

篤臣の装具が取れた喜びでそれどころではなかったのだが、ようやく、部屋の中にいい匂いが漂っていることに気づいたらしい。

「飯！　もしかして、先にひとりで帰ったんも、八時以降に帰ってこいて言うてきたんも」

篤臣は、恥ずかしそうに頷く。

「帰りにスーパーで買い物して、晩飯作ってた。久しぶりに、お前にしっかりした飯を食わせてやりたくて」

それを嬉しそうに聞いていた江南は、ハッとした様子で顔を引き締め、むしろ渋い顔で篤臣の目を覗き込んだ。

「こらっ。いきなり飛ばしすぎやろ。お前、さっき自分で言うたやろが。まだ治ったわけやないて。装具が外れたからいうて、いきなりもとの生活に戻ろうとしたらアカンのやで！」

いつもならムキになって言い返しそうなところだが、負傷してからというもの、江南には心配をかけどおしだという自覚があるのだろう。篤臣は、素直に謝った。

「ゴメン、それはわかってるんだけど、我慢できなかったんだ。でも大丈夫。スーパーでも、重い物は買うのを我慢した。ジャガイモとタマネギを買いたかったけど、今日のところは我慢した！　料理も、右肩に負担をかけないように作ったよ」

「せやったらええけど。鍋やらなんやら重いねんから、気ぃつけんとあかんで」

「わかってる。俺も医者の端くれだからさ、そこはちゃんとやらないと、ここまで治してくれた越津先生やリハビリの谷田部さんに申し訳ないし、何より俺が恥ずかしい」

それを聞いて、ようやく心から安堵したのだろう。

「よっしゃ」

そう言うが早いか、江南の腹がぎゅうっと鳴る。

篤臣は、思わず笑い出した。

「なんだよ、すっげえ腹ぺこじゃねえか」

江南もようやく笑顔に戻る。

「そらそうや。今日は、昼飯食う暇もあれへんかったからな。久々のお前の手料理を味わうには、最高のコンディションやで」

そう言って篤臣の額に音を立ててキスをすると、江南はリビングの扉を親指で示した。

「風呂は飯の後にするけど、急いで着替えてくるわ。この格好やと、お前の飯を腹いっぱい食われへんからな。気合い入れて、スエットで盛装や」

「それは果たして、盛装か？　まあいいや、早くな。今、飯と味噌汁《みそしる》よそうから」

「おう、すぐや」

そう言うなり、江南は寝室へとすっ飛んでいく。

「……うん、感覚は正常だ」

笑顔で江南を見送った篤臣は、そう呟いて右の手のひらを見下ろした。

ずっと装具にしか触れていなかった手のひらと指先に、今、確かに江南の温かな背中の感触が残っている。

それがたまらなく嬉しくて、篤臣は何度も右の拳《こぶし》を握ったり開いたりしながら、キッチンへと戻っていった。

「おい、ナンボなんでも、これは張りきりすぎ違うか」

宣言どおり、スエットの上下に着替えてほどなく戻ってきた江南は、食卓を一目見るなりそう言った。

「俺も、皿を並べながらそう思った」

苦笑いでそう言いながら、篤臣はご飯と味噌汁を載せたトレイを左手だけで持って、キッチンから出てくる。

「待て待て、片手やったら危ないやろ。そういうことは、俺に任せろちゅうねん」

すぐさま、江南がトレイを奪い取る。

「このくらいは、片手でやるのにも慣れたって。でも、ありがとな」

この一ヶ月ですっかり過保護が板についた江南だが、同時に、篤臣のほうも、一方的に甘やかされる居心地の悪さに少しは慣れた。素直に礼を言うと、江南についてテーブルに向かう。

この一ヶ月、ずっと出来合いの惣菜やらうどんやら、出前のピザや寿司やらと、どちらかといえば物寂しかったテーブルには、新しいクロスがかけられ、ところ狭しと料理の皿が並んでいた。

鶏《とり》の唐揚げ、アスパラとベーコンの炒《いた》め物、レタスとトマトと蒸して細く裂いたササミを和えたサラダ、牛蒡《ごぼう》のきんぴら、ピーマンの肉詰め、ほうれん草の胡麻あえ、筑前煮《ちくぜんに》、豆腐となめこの味噌汁、それに炊きたてのツヤツヤしたご飯。

江南が思わず発した「ホームパーティか！」という言葉が実にしっくりくる華やかな光景である。

向かい合わせで席につき、篤臣は照れ笑いで言い訳をした。

「だってこの一ヶ月、せっかくお前が毎晩家にいるのに、俺の飯を食わせてやれなかったろ？　それどころか、お前にあれこれ作ってもらったりしてさ。だから、装具が取れた夜には、絶対にお前に俺の手料理を嫌ってほど食わせようって決めてたんだ」

江南は、まだ皿から皿へと視線を移動させながら、異を唱える。

「そら嬉しいしありがたいけど、別に、俺に声かけてくれたかてよかったやろ。一緒に買い物行ったら、俺がナンボでも荷物持ちをしたれたやないか」

「それじゃ駄目なんだよ」

篤臣はすました顔で、食器の位置を整える。

「なんでや？」

「ここんとこずっと、何もかもをお前がしてくれてたから。装具が外れた日のスペシャルな晩飯だけは、俺が一から十まで全部やりたかったんだ。つまんない意地だけど、そこは通したかったんだよ」

「お前は、変なとこで負けず嫌いなやっちゃな」

「そこだけは、お前に似てるかもな」

クスリと笑った篤臣は、「あ」と言うなり、腰を浮かせようとした。

「金曜の夜だし、お前、ビール飲むだろ？」

てっきり「おう」という言葉が返ってくるかと思いきや、江南は「お前は飲めるんか？」と問い返してきた。

篤臣はニッと笑うと、右手でピースサインをしてみせる。

「今日、グラス一杯程度は構いませんよってお許しが出た！」

江南も「おっ」と相好を崩して立ち上がる。彼はすぐに、冷蔵庫から缶ビールを出し、グラス二つと共に食卓に持ってきた。

互いのグラスをビールで満たし合い、篤臣はグラスを持ったまま、江南の言葉を待つ。

ゴホンと咳払いして胸を張り、江南は少し考えてから口を開いた。

「ま、正式な快気祝いは、リハビリが終わった段階で、美卯さんと楢崎も呼んで、どっかの店でちゃんとやろうや。あの二人には、またしても世話になってしもたからな」

「うん、ホントにな」

「せやから、今夜は言うなれば、中締めや。ひとまずは、装具から解放された祝いやな。まる一ヶ月、よう頑張った。おめでとうさん」

「お前にも、いっぱい苦労かけて、ごめんな。助けてくれてありがとう。……乾杯」

「乾杯」

カチリと軽くグラスを合わせ、二人はビールをグッと呷《あお》った。

「くーッ」

「たまらんなぁ！」

同時にグラスをテーブルに置くなり、同時に感に堪《た》えないといった声を上げる。

「やっぱし、週末のビールは格別や」

しみじみと言う江南のグラスにビールを注いでやりながら、篤臣は少し申し訳なさそうに言った。

「俺につきあって、お前まで一ヶ月禁酒してくれたもんな」

「そら、人が目の前で飲んどったら、自分も飲みとうてつらいやろし。ええ機会やった。おかげで、肝臓がよう休養できたやろ」

そう嘯いて、江南は箸《はし》を手に取った。

「迷い箸はアカンて言うけど、こんだけあって迷うなっちゅほうが無理やな」

そう言いながらも、やはりいちばん好きな肉類である唐揚げとピーマン肉詰めを、真っ先に皿に取る。

　間髪を入れず、まずは唐揚げから口に入れた江南は、箸を持ったまま大きなガッツポーズをした。

「これや！」

　どうせ自分からは食べたがるまいと、ガラスの器にサラダを盛り分けてやりながら、篤臣は微苦笑した。

「どれだよ」

「この味や！　もうこの一ヶ月、どんだけお前の作る飯に飢えとったか！」

「江南……」

「そんなん言うたら、お前が気にするやろと思うて言わんかったけど。いやもちろん、店屋物も買《こ》うてきた惣菜も、それなり旨かったけど、やっぱし比べものにならん。世界一、いや、宇宙一旨い！」

　その言葉が嘘ではない証拠に、江南はピーマン肉詰めも一口で頬張り、次々とおかずに箸を延ばす。

　その姿を見て、篤臣は胸がいっぱいになった。

　とにかく、日常のすべてのことにおいて篤臣の世話を焼いてくれた上に、篤臣がそのことを負担に思わないよう、江南がどれほど心を砕いていてくれたか。

それを実感すると、ありがたさと申し訳なさが最大レベルで押し寄せてきて、目の奥がじーんとしてくる篤臣である。

「やっぱ今日、頑張って晩飯作ってよかった」

涙をぐっとこらえて、どうにか一言そう言った篤臣に、江南は筑前煮ときんぴらをご飯に載せ、食べ盛りの学生のようにかき込んでから何度も頷いた。

「俺も、昼飯食えんでよかった！　そのへんで買うた弁当より、お前の飯を腹いっぱい食うて、幸せを満喫したいわ」

「そうしてくれ。残ったら明日の弁当に詰めるし、それでもまだ残ったら、明日の夜も食ってもらわなきゃだし」

「望むところや！　飯、お代わり……は、俺が」

そう言って立ち上がろうとした江南の手から、篤臣はヒョイと茶碗《ちゃわん》を奪い取った。そして、片目をつぶってみせる。

「さすがに、ご飯のお代わりくらい運べる」

「ホンマか?」

「ちょっとくらい、右手を使える喜びを味わわせてくれよ」

そう言い置いてキッチンへ向かう篤臣の足取りは、今すぐスキップが始められそうに軽やかだ。

（滅多に、あないなふうに浮かれん奴やのになあ）

野菜が好きでないくせに、これだけはいつも進んで食べるほうれん草の胡麻あえを咀嚼しながら、江南はしみじみとした笑みを浮かべた。

江南が篤臣を気遣っていたように、篤臣のほうもまた、江南に極力心配をかけないように、きっと生活のあらゆることで感じていたであろう不自由を、一言も愚痴らなかった。

だが、あの不自由な装具で利き手を奪われる生活は、いくら江南や美卯がサポートしても、ストレスが溜まるものだったのだろう。

珍しく、喜びを露わにしている篤臣を見ていると、江南も嬉しさがどんどん増してくる。

本当は、調子に乗るな、あまり右手を使うなと注意しなくてはならないところだが、今夜だけは、再び両手を使って色々なことができる嬉しさを満喫させてやろう。

そう思って、江南は篤臣が右手で差し出した茶碗を、驚きの素早さで、しかし一言も咎めず、笑顔で受け取った。

「ふー、腹いっぱいや。もう食えん。っちゅうか、水一滴でもこれ以上は入らん」

食後、そう言ってソファーにふんぞり返り、両手で出てもいない腹をさする江南に、隣に腰掛けた篤臣はクスクス笑った。

「いくら久しぶりで腹ぺこだからって、あんなに食うとは思わなかったよ。つられて、俺も食いすぎた。洗い物の前に、ちょっと休憩しなきゃ」

「アホ、洗い物は俺がするに決まっとるやろ。もう今日はそれ以上、右手使うたらアカン。週明け、またリハビリ行くんやろ？　状態が悪うなっとったら、また装具戻されるかもやぞ」

　それを聞いて、篤臣はあからさまに嫌そうな顔をする。

「それは困るな……。うう、わかった。全部自分でやりたい欲は、とりあえず料理で満たされたから、後片づけはありがたく手伝ってもらうことにする」

「そうせえ。……まあ、装具戻すっちゅうことはないやろけど、お前は真面目やから、すぐに百パーの力で頑張ろうとするやろ。まずは、六割、七割の力でアイドリングからな」

「ん……わかった」

　自分の気性をよくわかっている江南のアドバイスだけに、篤臣は素直に頷いた。

「よっしゃ、ええ子や！」

　景気のいい声を出して、江南が篤臣の頭をくしゃくしゃと撫でたそのとき、少し離れた場所から、すっかりお馴染みになった小鳥の声が聞こえた。

　チュン！

　それを聞くなり、篤臣はちょっと慌てた様子で立ち上がった。

「あっ、しまった。帰って遊んでやった後、あんまりおとなしく寝てたもんだから、カバーをかけるのを忘れてた」

「おう、小春。なんや、俺の声で起きてしもたんか？」

江南も億劫そうに席を立ち、リビングの窓の近くに置かれたケージに歩み寄る。

立派なケージの中で、二本の止まり木を行ったり来たりしているのは、この一ヶ月で驚くほど成長した小春である。

身体のサイズはさほど大きくなった気がしないが、羽毛はずいぶんと密生している。尾羽も生え揃い、自由に飛び回るのはまだ無理でも、ゆっくりと落ちる程度の飛行はできるようにもなった。

それに伴い、プラケースでも激しすぎる動きに対応できなくなり、先週、ついに成鳥用のケージに引っ越したというわけだ。

江南が張り切って立派なケージを買い込んだため、小鳥一羽にしては、かなり豪邸暮らしの趣である。

預かった当初はよちよち歩きだったが、今はちょんちょんと弾むように飛び歩き、止まり木もしっかり摑むことができる。

身体の成長に伴い、まだクチバシの横にささやかに白い「パッキン」が残っているものの、自分で餌や野菜を食べられるようになった。

そんなわけで、ケージへの引っ越しを機に大学へ連れていくことはやめ、小春は自宅で二人の帰りを待つこととなった。

二人が帰宅後、一時間ほど放鳥して小春と遊んでやり、ケージにカバーをかけて寝かせるということになっていたのだ。

だが、そのカバーかけを、料理に夢中になっていた篤臣は、忘れてしまっていたらしい。

チュン！　チチッ！

さっきまで寝ていたとは思えないほど賑やかに鳴き、ケージの中を動き回る文鳥を覗き込んで、篤臣は可笑しそうに言った。

「ほら、お前がいつも小春と遊んでやるとき、『お前はええ子やな～』って言うから。さっきの、自分が言われたと思って起きちまったんじゃね？」

「ああ、なるほど。そうかもしれん。さっきのは篤臣に言うたんやけど、お前もその次にええ子やで～」

ケージの網の隙間から指を突っ込もうとする江南を、篤臣はやんわりと窘めた。

「おい、そんなことしたら、また遊んでもらえると思って興奮するだろ。もう小鳥はとっくに寝る時間なんだから」

そう言いながら、篤臣は、ケージにかけて光を遮断するカバーを取り出して広げた。

だが、それを片手で制止して、江南は何故か少し気まずそうにゴホンと咳払いをした。

篤臣はカバーを手に持ったまま、訝しげに江南の急に曇った顔を見る。

「どうした？」

「あーと……。飯食うたら言わんとアカンと思うてたんやけどな」

「うん？」

それこそ小鳥のように小首を傾げる篤臣を見て、江南は実に複雑な、感情を読みにくい顔の歪め方をして、こう言った。

「こいつのホンマの飼い主の婆さん、昨日、退院したんや」

篤臣は、優しい目をパチパチさせた。

「マジで？　よかったじゃないか。経過、ずいぶん順調だったんだな」

「おう。まあ高齢やから、徹底的な治療っちゅうより、体力を落とさんことを何より大事に、マイルドに様子を見守っていこうっちゅう方針やねんけどな。とにかく、元気に家に帰りよった」

篤臣は笑顔で頷いた。

「よかったじゃないか。ってことは、小春を返すんだな？」

江南はまだ微妙に困惑ぎみな顔つきで頷く。

「おう。ま、退院して即っちゅうんもアレやから、生活のリズムが戻ってからにしたらどやって言うとったんやけど、今日、医局に電話がかかってきてなあ。やっぱり早う小春に会いたいて言うねん。せやから明日、連れていこうかと思うとるんや」

「そっか」

篤臣は、ちょっとしんみりした口調で、しかし笑顔は失わずに言った。

「そりゃそうだよな。小春が生き甲斐なんだろ、その人。明日、連れてってやれよ。ケージの敷紙と餌も、持っていってあげればいい。当分保つだろ」

それを聞いて、江南はつくづくと篤臣の顔を見た。

「返してしもても、大丈夫か？」

どうやら江南は、小春を返してしまうことで、篤臣がダメージを受けるのではないかと心配しているらしい。それに気づいた篤臣は、江南の額を、指先でピンと弾いた。

「あだっ」

「ばーか、最初っから、しばらく預かるって約束だったんだろ？　返すのが嫌だなんて、そんな子供みたいなことは言わねえよ」

額を片手でさすりながら、江南はそれでも心配そうな顔をしている。

「せやけど、寂しゅうなるやろ。お前、一生懸命世話して、可愛がってくれとったし」

「そりゃ、大事な預かりものだからな。お前だって、そうだったろ？」

「俺が寂しゅうてたまらんから、言うとるんや」

「こいつに、毎日のようにヤキモチを焼いてたくせに？」

「それとこれとは別や。こいつは可愛いけど、お前がこいつを可愛がってると妬ける。自然な現象や。しゃーない」

「……そうかなあ」

苦笑いしつつも、篤臣はきっぱりと言い募った。

「元の飼い主さんにもちゃんと手乗りで懐くように、人見知りしないように、職場に連れていってる間、いろんな人の手に乗せてもらって訓練しただろ」

「せやったな」

「それを忘れて、俺たち以外の人間を怖がるようになったら、何もかも台無しだよ。早く返せるものなら、返したほうがいい」

迷いの声音ではあったが、その口ぶりには、どこか自分自身に言い聞かせるような響きがあることに、江南は気づいていた。

だからこそ、彼は躊躇いがちに篤臣に問いかけた。

「ホンマに、明日いきなり連れていってしもて大丈夫か？　一日待ってもろて、名残、惜しまんでええか？」

「馬鹿だろ、お前。そんなことしたら、余計に未練が湧くに決まってるじゃないか。いいんだよ。小春は、急に来たんだから、急にいなくなる。そういうもんだろ」

「……せやな」

「そうだよ」

やはり、力技で自分の気持ちをねじ伏せるような切り口上でそう言って、篤臣はケージにカバーをかけた。

光が入らないようにしっかりと布の合わせ目を閉じ、外から「おやすみ」と声をかける。

振り返った篤臣を、江南はそっと抱き寄せた。

「なんだよ、いきなり」

困り顔で笑いながらも、篤臣は素直に身を任せる。

肉づきの薄い背中を大きな手で撫で、江南は篤臣の耳元で囁いた。

「すまん。俺のせいで、お前に余計な寂しい思いをさせてまうな」

篤臣は、江南のジャージの肩に頰を寄せ、もそもそとかぶりを振った。

「余計なんかじゃない。小春が来てくれたから、俺、脱臼したつらさが紛れたし、いろんな人の意外な一面が見られた。楢崎なんて、その典型じゃないか」

「せやな」

「お前が小春を預かってきたときはホントにビックリしたけど、いい経験だったよ。楽しい一ヶ月だった。……小春は俺たちのことなんかすぐ忘れるだろうけど、俺たちにとっては、いつまでもいい思い出だと思う」

篤臣の声は明るかったが、身体を触れ合わせていると、彼の寂しさが、肌を通して江南の胸にも染みてくるようだった。

思わず、江南が「せやったら、俺らも新しく小鳥、飼うか？」と問いかけると、彼の腕の中で、篤臣が低く笑った。

「なんで笑うとるねん」

怪訝そうな江南に、篤臣は江南の顔を見て言い返す。

「嫌だよ。期間限定ならともかく、何年も毎日、お前にヤキモチを焼かせるのは嫌だ。家はお前にとって、パーフェクトにリラックスできる場所であってほしいし、それに……」

「それに？」

「確かに小春は可愛かったけど、俺のいちばんは、お前だから。それは、誰が来たって譲れないからさ。いちばん大事にしてやれないのがわかってるのに、新しい小鳥を迎えたりするのは、よくないだろ」

やけに早口にそう言うなり、篤臣は顔面を江南の肩に伏せてしまう。

「篤臣……」

「だから、お前だけでいい」

江南の肩に口をくっつけたままで喋るせいで、篤臣の声は不明瞭で、吐く息は温かく江南の肌を湿らせる。

江南の背中に回された篤臣の両手に、ぐっと力が籠《こ》もった。

篤臣の身体を抱いたまま、江南はようやくいつもの彼らしいふてぶてしい調子で言った。

「そうか。そら奇遇やな。俺もや」

「……知ってる」

やはりくぐもった声で言う篤臣の顎を片手で無理矢理上げさせ、江南はほんのり染まった頬に、それから唇に、しっとりと口づけた。

敢えてこの一ヶ月しなかった深い口づけに、篤臣はいくぶん戸惑いながら応える。

「あー……アカン」

唇を離すなり、江南は呻くように言った。篤臣は、軽く眉をひそめる。

「何が駄目なんだ？」

すると江南は、やけにきっぱりとこう言った。

「辛抱ならんわ」

「えっ？」

「なんぼなんでも、装具が取れたその夜に抱きたい言うたらあんまりガツガツしすぎやと思うたけど、そない嬉しいこと言われたら、抑えがきかん。ほら、なんしか俺、この一ヶ月、究極の我慢大会やったからな」

そんなあけすけな江南の言葉に、篤臣の頬が瞬時に火を噴く。

「が、我慢大会ってお前、その表現はちょっと」

「せやかて、他に言いようがあれへんやろ。この一ヶ月、毎晩一緒に風呂入っとったんやぞ？　毎晩、真ん前にお前の裸があんのに、なんもせんまま耐えてきたんやで？」

「だ、だ、だけど、お前……！」

　篤臣はアワアワと口ごもったが、その手はビシッと江南の股間《こかん》を指さしている。

「だけど、何や？」

「だってお前、一緒に風呂に入ってても、全然フツーにしてたから！　そういうこと何も言わなかったし、その……そこ、反応、も、してなかったから……」

「から？」

「さすがのお前も、少しは枯れてきたのかな、って思ってたんだよっ」

「アホか！」

　押し殺した声で吠えると、江南は篤臣の腰を強く引き寄せた。篤臣はジャージ、江南はスエット越しに、互いの下半身が触れ合う。早くも伝わってくる確かな熱に、篤臣の身体が小さく震えた。

　江南は、篤臣の顔を覗き込んで詰問する。

「お前こそどないやねん」

「どないって……」

「この一ヶ月、毎晩風呂で俺のフルチン見とって、お前こそ何も言わん、勃《た》てもせん、やったやないか」

「お……お、お、俺だって何度もヤバかったよ！　そうじゃなくてもお前、脱いだら凄いんだし！」

羞恥のあまり、何かのゲージが振り切れたのだろう。篤臣は、普段ならば決して言わないようなことを口走る。

「脱いだら凄いて、お前」

「だってお前、やたら着痩せするじゃん。脱いだら胸板厚いし、背中の筋肉はかっこいいし、さりげなく腹筋割れてるし！　見ちゃったらザワザワするから、できるだけ見ないようにしてたんだ。お、俺だって、相当必死だったたっつの」

「……なんや、お前もか。ほな、どないしとったんや？」

「どないって……何がさ？」

「それや」

今度は、江南が篤臣の下半身を指さす番である。

「お前、そういうことをいちいち……っ」

「俺は、お前が『抜いてくれ』て言うたら、いつでもしたるつもりやってんで？」

篤臣は泣きそうな顔で声を荒らげる。

「馬鹿っ、言えるかよ、そんなこと！」

「ほな、一ヶ月、ずっと禁欲しとったんか？」

「や……そ、それは」

「ん？」

「トイレで……こっそり」

「高校生か！」

思わず呆れ顔になった江南に、篤臣はもはや半ギレの勢いで嚙みつく。

「っていうか、そういうお前はどうなんだよッ。俺だって、お前が我慢できないって言い出したら、その、左手だけどなんとかするつもりではいたんだぞ」

すると江南は、急に視線を天井に彷徨《さまよ》わせ、指先でポリポリと頰を掻いて答えた。

「そら……俺も、トイレでこっそり」

「お前もかよ！　いやもう、ホント馬鹿じゃねえの、俺たち」

「おう。トイレ大活躍やな」

「うう……」

ガックリ項垂れる篤臣をギュッと抱いて、江南は熱々の耳元で囁いた。

「ほんなら何も問題ないやないか。お前も、俺を欲しがってくれてるんやろ？」

「それはそうなんだけど」

「なんぞ問題があるんか？」

「や、ほら……その、夢中になっちゃって、右腕を使っちゃって何かあったら、恥ずかしくてとても再受診できないなって」

羞恥をこらえ、もっともな懸念を語る篤臣に、江南は実にキッパリとこう言った。

「そら心配いらん」

「どうしてそんな自信満々なんだよ！」

「俺かて、そこはちゃーんと考えとる」

「……何を？」

「ええから！　ほな、同意やな？」

「ん……ま、まあ。うわあッ」

頷くとほぼ同時に、篤臣は驚きの声を上げた。江南がいきなり、篤臣を肩に担ぎ上げたのである。

まるで荷物のように抱き上げられて、篤臣は思わず両足をバタバタさせた。

「下ろせ！　俺が外したのは肩だ。足は関係ねえ。自分で歩ける！」

「ええから。今夜までは、ベッタベタに甘やかさしてくれや」

どこか切なげな声で江南にそう言われ、暴れていた篤臣の動きがピタリと止まる。

「ううう……。お前、その声、反則」

「俺はいつもこんな声やで」

低く笑いながら、江南は篤臣を楽々と担いだまま、寝室へと向かう。

「俺は風呂入ってへんままで、堪忍な」

そう言われて、篤臣は、顔が燃えるように熱いのは、頭が下がって血が溜まっているせいだと心の中で言い訳しながら、消え入りそうな声で囁いた。

「いい。なんとなく今夜は、お前の匂いを嗅ぎたいような気が……しないでもない」

んぐ、というおかしな声が江南の喉から聞こえたと思った瞬間、篤臣は、歩くスピードを倍に跳ね上げた江南に、抗議の悲鳴を上げた……。


「ちょ……江南、これ……ッ」

「んあ?」

切羽詰まった篤臣の声とは対照的に、江南はご機嫌な、肉食獣が喉を鳴らすような声で応じる。

ベッドのヘッドボードに上半身をもたせかけた江南は、両脚を、膝を軽く曲げた姿勢で投げ出している。

篤臣は、そんな江南の腰を跨《また》ぐ姿勢で、シーツの上に膝立ちになっていた。

しかも、衣服をすべて江南に奪い去られたにもかかわらず、右腕だけを、昨日まで入浴中にしていたように、三角巾で首から吊っているのがなんとも異様な姿である。

それが、江南が「ちゃんと考えて」いた、篤臣の右肩に負担をかけない抱き方だった。

確かに、こうして江南の身体の上に乗る姿勢ならば、江南が背中をしっかり抱いていてくれるので、左手を彼の肩に置くだけで、篤臣は身体を支えることができる。

とはいえ、奇妙なものだが、向かい合って座る状態で江南の愛撫を受けるのは、横たわっているときより、何故か強い羞恥を覚えた。

しかも、不自由な手で密かに自己処理していたとはいえ、肌を合わせるのはほぼ一ヶ月ぶりだ。そのせいで、江南にどこを触れられても敏感になっている自分に、篤臣は酷く戸惑っていた。

それだけならまだしも、自分が江南に触れることでも、いつもよりずっと昂《たか》ぶってしまうのである。

（マジで、こんなにどこもかしこも熱かったっけ、こいつ）

互いに向き合って座っている姿勢なので、江南の張りのある胸が目の前にある。

触れたときの筋肉の弾力、うっすら汗ばんだ肌の感触、そして、まとったまま帰ってきた病院の匂いに紛れて、仄《ほの》かに鼻を掠める江南自身の匂い。

視線を下げれば、互いの昂ぶったものが、そしてそれを束ねるようにして扱《しご》き立てる江南の大きな手が、二人分の先走りで濡れているのが見える。

そのすべてが、篤臣のどちらかといえば淡泊なはずの肉欲を、戸惑うほどにかき立てた。

「えな、み」

思わず名を呼ぶと、噛みつくようなキスが与えられる。自分の芯に絡みつく江南の指と、言葉と吐息を一緒に奪うような江南の舌。

その熱さに、篤臣は切なげな溜め息をついた。

互いの芯から手を離し、江南が身を捩るようにして、ベッドサイドチェストの引き出しを開ける。

彼の手の中にあるローションのボトルを目にして、篤臣の喉がゴクリと鳴った。

「ゆっくり、な」

先をねだる篤臣を宥めるように低い声でそう言うと、江南は長い指にローションをたっぷり絡めた。そして、膝立ちになった篤臣の臀部《でんぶ》にその手を這わせる。

ひやりとした感覚に、篤臣は身震いした。引き締まって小振りな尻を割るように手が差し入れられ、長い指が一本、篤臣の身体の中に潜り込んできた。

「……ッ」

自分で慰めるときには、後ろには触れない篤臣である。久しぶりなだけに、違和感はいつもより強い。

「ふ、うっ」

思わず息を乱し、江南のほうに倒れかかるようになった篤臣の上体を自分の胸で受け止め、江南はゆっくりと強張る内腔をほぐしつつ、指の数を増やしていく。

小さく声を漏らし、時折息を詰めながらも、篤臣は左腕だけで江南に縋《すが》りつき、ごく短い髭《ひげ》が感じられる江南の頬に、自分の頬を擦りつけた。

「ん……ぁ、あ」

やがて、苦しげに切迫していた篤臣の声に甘さが交じり始めると同時に、哀れなほど硬直していた身体から、徐々に力が抜けていく。

篤臣の身体の奥深い場所も、抜き差しされる外科医の繊細な指を受け入れ、馴染み、次に来るものを待ちわびるようにうねった。

「もう……ええか?」

問いかける江南の声が掠《かす》れていて、彼が我慢に我慢を重ねていることを篤臣に気づかせる。

「ん……上手くできるか……わかんない、けど」

息を弾ませながら、篤臣はゆっくりと腰を上げた。

「大丈夫や。ちゃんと支えたる」

そんな言葉のとおり、江南の指が、ズルリと篤臣の中から引き抜かれた。

いちばん敏感な浅い部分の粘膜を無造作に擦られて、篤臣の口からは、鼻にかかった甘い声が漏れる。

「んっ」

喪失感を味わったのも束《つか》の間《ま》、後ろに押しつけられたのは、指とは比べものにならないほど太い、江南の欲望だった。

そのまま挿《い》れることなく、狭い入り口をくじるように先端をこねつけられ、薄い膜越しでも、その熱さにおののく。

「すまん。久しぶりやから、いつもよりでかいかもしれん」

そんな自信過剰とも取れる江南の台詞も、篤臣の不安と期待を絶妙に煽る。

「いい、からっ」

焦《じ》れた篤臣は、自分から腰を落とし、江南のものを自分の中におさめようとする。

「あ、ちょ、待て。じっくりいかんと、俺がヤバイんや」

上擦った声でそう言い、江南は慌てて片手で篤臣の腰を支え、押しとどめる。

「いいよ、すぐいっても。……俺、さっき……いっぺん、いかしてもらったし」

至近距離にある江南の顔が苦しげに歪むのを見て、こちらも熱に浮かされたような声で篤臣はそう言った。

だが、江南は歯を食いしばって唸り声のような調子で「あかん」と言った。

「もったいないやろ、そんなん」

「もったいないって……」

「右腕吊ったお前を抱けることなんか、そうそうあれへんからな。じっくり楽しましてくれや」

「ばっ……ぁ、あっ」

馬鹿と言おうとして果たせず、篤臣は色めいた声を上げ、江南の肩を左手でギュッと摑んだ。

江南が不意に、篤臣の腰を支える手に力を込め、グッと引き下げたのである。

丹念にほぐされ、ローションでしとどに濡れているとはいえ、狭い孔をこじ開けるようにねじ込まれる無骨なものに、篤臣の身体が悲鳴を上げる。

「ゆっくりで、ええから」

やはりゆっくりと言いながらも、江南も息を弾ませる。

「ん……っ、熱……」

喘ぎながら、篤臣はゆっくりと腰を落とした。

貫かれる、という言葉がこれほどしっくりくる体勢もない。粘膜の筒を押し広げながら傍若無人に侵入してくるものの形まで、ハッキリと感じられる。

「……ふぅ……っ」

圧迫感に、篤臣は天井を仰いで息を吐いた。

忙しい呼吸を繰り返し、どうにか奥底まで飲み込んだ大きなものに身体を馴染ませようとする。

そんな篤臣の努力を助けるように、江南の手のひらが、何度も背中を撫でてくれた。

（ホントだ……。いつもより、でかい）

そんな身も蓋もない感慨が、篤臣の欲望で鈍った脳をよぎる。

「入り口……ギチギチやな」

こちらも実に飾らない言葉でそう言うと、江南は繋がった部分を指先でなぞった。皮膚と粘膜の境界という繊細な部分が、江南の荒れた指の刺激に過敏に反応する。

「あ、やっ」

思わず江南を締めつけてしまい、余計にその存在を感じて、篤臣は思わず声を漏らす。だが江南のほうも、自業自得とはいえ、不意打ちの逆襲に押し殺した声で呻いた。

「もったいないいて、言うとるやないか」

「んなこと……言ったって、ああっ」

抗議の声は、突然の突き上げによって嬌声に変わった。

篤臣は、思わず左手で江南の首に縋りつく。それを合図に、江南は篤臣の腰を両手でガッチリ摑み、揺さぶるようにしながら幾度も腰を打ちつけた。

ガッツと音がしそうな勢いで穿《うが》たれ、いつもとは違う角度で抉《えぐ》ってくるものに、篤臣もまた、急速に追い上げられる。計算できない快感の強まりに、戸惑う。その戸惑いに翻弄《ほんろう》されて、余計に興奮する。それは、未知の感覚だった。

「は、あっ、あ、あ、ああっ」

突き上げに合わせて、勝手に単調な甘い声が漏れる。

もはや、技巧も駆け引きも、何もない。

江南は本能のままに篤臣を貪り、篤臣は江南の上で、突き上げに合わせて腰をうねらせた。擦ってほしいところに、江南の切っ先を誘う。

「ん……っ、あ、つッ」

嬌声が不意に悲鳴に変わったのは、江南が、目の前にある篤臣の小さな乳首にカリッと歯を立てたからだ。

無論、傷つけるようなことは決してしない江南だが、ツキンとした痛みは、何故か腰の奥に突き刺さるような快感を、篤臣に与えた。

「や、だ、それっ」

意味を成さない拒否の言葉を吐き出しながら、篤臣は左腕で、江南の首にしがみつく。

いっそ右手も三角巾から引っ張り出し、全力で縋りついてしまいたかったが、必死でそれだけはこらえた。

だが、片腕で自分の身体を支えようとするものの、どうしても不安定になってしまい、身体が傾ぐたび、思わぬ角度で奥を穿たれる。湧き上がる快感は、さらに篤臣を追い詰めた。

「も……もう、あっ、あ」

よほど余裕がないのか、江南は片手で篤臣の背中を抱き、もう一方の手を、篤臣の触れられることなく揺れていた芯に伸ばした。

抽挿《ちゅうそう》に合わせ、硬く勃ち上がったものを握り込み、先端をくじるように爪を立てる。

「や、あっ、あああっ」

急激にがくがくと全身を震わせ、抗《あらが》うすべもなく、篤臣は達した。江南の手の中で、自分のものが熱を吐き出すのがわかる。

それより数秒遅れて、江南が喉の奥で低く呻いた。

「……くっ」

ドクン、と篤臣の身体の深い場所で、江南が弾《はじ》ける。断続的に脈打つものが、江南が味わっている絶頂の激しさと長さを篤臣に感じさせた。

「あつおみ」

熱い吐息と共に、自分の名を耳元で囁かれる。

ピクンと頬を震わせながら、篤臣は左手で江南の頬に触れ、キスをねだった。すぐに、江南の弾力のある唇が、荒い呼吸ごと、篤臣の唇を奪う。

互いに抱き締め合い、繋がったままで、二人は幾度も唇を重ね、久しぶりの互いの身体を、心ゆくまで確かめ合った。

「はー、一緒に風呂入るんも、今日が最後か。なんや、惜しい気ぃがすんなあ」

先にバスタブに浸かっていた篤臣は、ガシガシと頭を洗っている江南にそんなことを言われ、バスタブの縁に顎を載せて苦笑いした。

「何言ってんだよ。ひとりで入ったほうが、広々しててていいだろ？」

「そらそうやけど、二人でギチギチんなって入るんも、悪うないて？」

盛大にシャンプーの泡を立てながら、江南はしみじみとそんなことを言う。篤臣は、笑って言葉を返した。

「そんなに二人で入るのが好きなら、俺だって、たまにはいいけど」

「ホンマかっ？」

思わず食いつく江南を上目遣いに見て、篤臣はわざと尊大な口調で言い放つ。

「ただし、風呂の中でやっちまおうなんてのは禁止だけどな」

「は⁉　なんでや？」

「なんでや、じゃねえよ。やらかした後、我に返って風呂掃除をするときの虚しさを想像してみろ。いたたまれないだろ」

「……確かにそやな」

「おう。だから一緒に入らないほうが、無難だと思うぜ」

「うーん……。せやけどなあ。なーんかこの、裸のつきあい的近さが、ええねんなあ」

そんな独り言を言いつつ、江南はうーんと考え、それからこう言った。

「ほな、たまに、やったあとでこうして風呂！　それやったらええやろ」

篤臣も、瞬《まばた》きで頷く。

「それなら、まあいいや。二人で入ったほうが、経済的だしな」

珍しく、世知辛いが確かに甘い台詞を吐く篤臣に、江南は笑いながらシャワーのハンドルを回す。

「お前は、つくづく現実主義やな。や、せやけど、そういう理由でも、一緒に風呂に入れるんやったら嬉しいわ」

感心と呆れが半々の江南の台詞に、篤臣はちょっと照れくさそうに笑った。

「そこまで喜ばれるような身体じゃないと思うけど、まあ、お前が見たいってんなら、別にいいよ。それよか明日、小春を本来の飼い主に届けに行くとき、俺も行っていいか？」

不意にそう問われて、頭を流し始めていた江南は軽く眉根を寄せた。

「なんでや？」

「んー、だってさ」

篤臣は、バスタブから顔を上げ、江南を軽く指さした。

「江南、絶対泣くだろ。だから俺も一緒に行って……」

「行って、なんや？」

洗い流している最中のシャンプーが目に入らないよう、少し仰向け気味の体勢のままで、江南は怪訝そうに問いかけてくる。

篤臣は、明るい笑顔で答えた。

「俺も一緒に泣く。二人で泣いてお別れして、帰りにどっかで、飼い主さんと小春の再会を祝して、旨いもん食おう。お祝いしながらヤケ食いって感じで」

江南は目を丸くして、篤臣を見た。そして次の瞬間、シャワーヘッドを放り出し、「お前はホンマに可愛いやっちゃな！」と言うと、湯が溢《あふ》れるのも構わず、バスタブに飛び込んでくる。

「おい、お前、馬鹿、やめろよ！」

迷惑そうな口ぶりとは裏腹に、篤臣は笑顔で左腕を広げ、優しい伴侶《はんりょ》を全身で抱き留めたのだった。

あとがき

こんにちは、椹野道流です。

久々のメス花新刊をお届けします！　今回は、まさかの文鳥が登場しました。

これまではあまり、メス花に私の私生活が反映されるということはなかったのですが、今回はダイレクトにリアルな経験が生きております。

というのも、今年の春、不思議なアクシデントがきっかけになって、ある日突然、文鳥のヒナを育てることになったのです。

大慌てでペットショップに駆け込み、必要な道具や餌を買い込んでホッとしたのも束の間、一日に何度も餌を食べさせなくてはならないし、保温に気を遣わなくてはならないし、小さなヒナは見るからに弱々しいし、毎日、緊張の連続でした。

そんな中、Twitterで色々とアドバイスをいただいたり、励ましていただいたり、とても心強かったです。今も、たくさんの方に成長を見守っていただいています。

江南と篤臣は二人がかりの「育児」なので、心細さもさほどではなかったと思いますが、篤臣には思いがけないアクシデントがあったりして、相変わらず小規模に波乱万丈な日々と相成りました。

そして、文鳥のヒナのおかげで、楢崎の意外な一面も明らかに……！「いばきょ&まんちー」シリーズ、あるいは「楢崎先生とまんじ君」シリーズを読んでくださっている方々には、後の楢崎と万次郎の出会いに繋がる小さなエピソードになっております。ニヤニヤしていただけたら嬉しいです。

今回、鳴海ゆきさんが、口絵に文鳥を入れてくださいました。可愛い！表紙の、江南と篤臣のこなれた夫婦感も素敵です。ありがとうございます。

そして、担当Sさんをはじめ、この作品にかかわってくださったすべての方々と、読者さんにも、心から感謝しております。

ではまた、次の作品でお目にかかります。それまでどうか、お健やかに。

椹野道流　九拝

椹野道流先生、鳴海ゆき先生へのお便り、
本作品に関するご意見、ご感想などは
〒101-8405
東京都千代田区三崎町2-18-11
二見書房　シャレード文庫
「乱入者に情、配偶者に愛」係まで。

本作品は書き下ろしです

CHARADE BUNKO

乱入者《らんにゅうしゃ》に情《じょう》、配偶者《はいぐうしゃ》に愛《あい》—右手《みぎて》にメス、左手《ひだりて》に花束《はなたば》11—

【著者】椹野道流《ふしのみちる》

【発行所】株式会社二見書房
東京都千代田区三崎町2-18-11
電話　03(3515)2311[営業]
　　　03(3515)2314[編集]
振替　00170-4-2639
【印刷】株式会社堀内印刷所
【製本】ナショナル製本協同組合

落丁・乱丁本はお取り替えいたします。
定価は、カバーに表示してあります。

ISBN978-4-576-15203-5

http://charade.futami.co.jp/

CHARADE BUNKO

スタイリッシュ&スウィートな男たちの恋満載

椹野道流の本

隠れS系売店員×純情耳鼻咽喉科医の院内ラブ♥

茨木さんと京橋君1

K医科大学附属病院の耳鼻咽喉科医・京橋は、病院の売店で働く茨木と親しくなる。茨木の笑顔に癒され、彼に会いたいと思う自分に戸惑う京橋だが…。

イラスト＝草間さかえ

二人の恋愛観に大きな溝が発覚…!? シリーズ第二弾！

茨木さんと京橋君2

職場での友人から恋人へと関係を深めた耳鼻咽喉科医の京橋と売店店長代理の茨木。穏やかな愛情に満たされていた京橋だが、茨木の秘密主義が気になり始め…。

イラスト＝草間さかえ

CHARADE BUNKO

スタイリッシュ&スウィートな男たちの恋満載

椹野道流の本

近世ヨーロッパ風港町で巻き起こる事件と恋の嵐！

作る少年、食う男

イラスト＝金 ひかる

港町で検死官を務めるウィルフレッド。耳慣れぬ職業とその冷たい美貌から、人々に「北の死神」と呼ばれる彼は、孤児院出身で男娼のハルに初めて知る感情〝愛しさ〟を感じるようになるが…。

院長殺害容疑で逮捕された執事フライトの真意は…!?

執事の受難と旦那様の秘密〈上・下〉

イラスト＝金 ひかる

検死官ウィルフレッドの助手兼恋人になったハル。ウィルフレッドの包み込むような優しさに幸せを噛みしめるハルだったが、自分が育った孤児院で院長が殺害されたとの報せが入り…!?

CHARADE BUNKO

スタイリッシュ&スウィートな男たちの恋満載

椹野道流の本

甘い新婚旅行が波乱続き――!?

新婚旅行と旦那様の憂鬱〈上・下〉

イラスト＝金 ひかる

検死官ウィルフレッドとその助手ハルは、ついに永遠の伴侶に。慣れない社交界のしきたりに頭を悩ませるハルを案じたウィルフレッドは、休暇をもぎ取り新婚旅行へ！　と思いきや…!?

吸血鬼だろうがなんだろうが、お前には指一本触れさせない

吸血鬼（仮）と、現実主義の旦那様

イラスト＝金 ひかる

年の瀬のウィルフレッドの屋敷ではフライトたちが仮面舞踏会の衣装を作成中。一方、奥方修業真っ最中のハルは、閨房術習得にも励む日々。そこへ街に吸血鬼が現れたとの噂が…!?